Dear Papa
The Letters of Patrick and
Ernest Hemingway

Dear Papa
亲爱的老爸
海明威父子家书

The Letters of Patrick and Ernest Hemingway

〔美〕欧内斯特·海明威 帕特里克·海明威 著 姜向明 译
〔美〕布兰登·海明威 斯蒂芬·亚当斯 编辑

上海译文出版社

DEAR PAPA: The Letters of Patrick and Ernest Hemingway
Original English Language edition Copyright © 2022 by Patrick Hemingway & Carol T. Hemingway
Revocable Living Trust Dated September 29, 2003
Introduction copyright © 2022 by Brendan Hemingway
Published by arrangement with the original publisher, Scribner, a Division of Simon & Schuster, Inc.
Simplified Chinese Translation copyright © 2024 By Shanghai Translation Publishing House
All Rights Reserved.

图字：09-2023-0180 号

图书在版编目（CIP）数据

亲爱的老爸：海明威父子家书 /（美）欧内斯特·海明威 (Ernest Hemingway),（美）帕特里克·海明威 (Patrick Hemingway) 著；姜向明译. -- 上海：上海译文出版社，2024. 9. -- ISBN 978-7-5327-9629-8

Ⅰ．I712.65

中国国家版本馆 CIP 数据核字第 20246A3B62 号

亲爱的老爸——海明威父子家书

[美] 欧内斯特·海明威　帕特里克·海明威 / 著　姜向明 / 译
责任编辑 / 管舒宁　装帧设计 / 张志全工作室

上海译文出版社有限公司出版、发行
网址：www.yiwen.com.cn
201101　上海市闵行区号景路 159 弄 B 座
浙江新华数码印务有限公司印刷

开本 889×1194　1/32　印张 9.5　插页 6　字数 127,000
2024 年 9 月第 1 版　2024 年 9 月第 1 次印刷
印数：0,001—6,000 册

ISBN 978-7-5327-9629-8
定价：78.00 元

本书中文简体字专有出版权归本社独家所有，非经本社同意不得转载、摘编或复制
如有质量问题，请与承印厂质量科联系。T：0571-85155604

目　录

引　子　　　　　　　　001
序　　　　　　　　　　001

第一章　幼年时期　　　003
第二章　寄宿学校　　　015
第三章　青年时期　　　097

尾　声　　　　　　　　285
致　谢　　　　　　　　287
译后记　　　　　　　　288

引　子

帕特里克·海明威

本书是一对父子之间的书信精选。朋友也好，陌生人也好，常常会这样问我："你了解你父亲吗？"本书就算是回答这个问题的一种尝试吧。

这些信有很多涉及打猎和钓鱼的内容，但我觉得这些信的意义不在于打猎和钓鱼。它们是照射到我们父子关系上的一束光，能让你窥见我是怎样一点点地了解我的父亲。我渐渐了解到他也是一个凡人，跟别人对他的描述差别很大。我了解的这个人竭力想要做个顾家好男人。我认为我们之间的通信也表明，他毕生都和他的妻子们、孩子们保持着亲密的联系。

我很愿意回顾父亲在 1925 年写给 F. 司各特·菲茨杰拉德的一封信，当时的老爸还只有一个家庭、一段婚姻在经营。

> 1925 年 7 月 1 日
> 纳瓦拉省布尔格特

亲爱的司各特：

我们明天准备进入潘普洛纳了。一直在这里钓鳟鱼。

你怎么样？泽尔达好吗？

我感觉从没这么好过，自从离开巴黎后，除了葡萄酒我啥酒都不喝。天啊，乡下真是太好了。不过你讨厌乡下。行吧，我略过对乡下的描写。我不知道你心里的天堂是啥样的。一个美丽的真空，里面住满了相信一夫一妻制的有钱人，全是名门贵族的纨绔子弟，整天喝得醉生梦死。而地狱多数是一个丑恶的真空，里面住满了相信一夫多妻制的穷人，没钱喝酒，或者因为得了他们称之为"隐痛"的慢性胃病而没法喝酒。

对我而言，天堂就是一座巨大的斗牛场，而我在观众席第一排里占着两个位子，郊外有一条小溪可以钓鳟鱼，但不许别人在那里钓，城里有两所可爱的房子，一所住着我的妻子和孩子们，我们过着一夫一妻的生活，我忠诚地热爱着他们，另一所九层楼，每层楼上都住着一位我的美丽情人。一所房子里摆满了印在手纸上的《日暑》杂志的特刊，每层楼的厕所间里也都放着，另一所房子里我们就放上《美国信使报》和《新共和国报》。然后还要有座好教堂，就像潘普洛纳的那种，在我从一所房子去往另一所房子的途中，我要去那里忏悔，我要骑上马儿，带着儿子一起去我的养牛场，养牛场的名字叫"哈德利庄园"，沿途还要对站在道路两侧的我的私生子们抛撒硬币。我会从观景庄寄信过去，叫我的儿子来给我的那些情人锁上贞操带，因为刚刚有人飞马来报信说，有个名叫菲茨杰拉德的臭名昭著的一夫一妻制论者正骑马向着城里来，后面还跟着一帮醉醺醺的乌合之众。

好了，总之我们明天一早就要进城了。来信请寄

西班牙　潘普洛纳　金塔纳宾馆

或许你不喜欢写信。我喜欢，因为它是摆脱工作的一个好办法，同时又能使你感觉到你在做事情。

再见吧，请向泽尔达转达我俩的问候。

你的

欧内斯特

这封信展示出海明威复杂的个性以及他在写作方面的艺术创造力。随着年龄的增长，我也可以通过书信来创造出某种和他相类似的东西，在某些领域我甚至可以公开地向他挑战，比如诗歌和打猎。这封给菲茨杰拉德的信写于我出生前的三年，当时约翰·哈德利·尼卡诺尔·海明威[①]是老爸的独养儿子。而我这个宝琳·法伊弗·海明威的儿子的降生，也改变了老爸经营着的这个家庭的复杂性。这种复杂性甚至都影响到了老爸和我之间的通信的发展。首先，这是个关乎罗马天主教的问题。老爸是在意大利参战时期和罗马天主教建立起联系来的，意大利是天主教支配的国家。随着和宝琳的第二段婚姻，他在宗教方面受到的影响也

---

① 即海明威与第一任妻子哈德利所生的长子杰克，信中多称其小名"邦姆比"。

越来越大，而我也将以天主教的方式被抚养成人。随后，为了迎娶玛莎·盖尔霍恩①而导致的老爸和宝琳的离婚，反过来又影响到这种关系。老爸觉得自己要为家里这些不得不做的改变负责，同时这些改变也为我们的通信以及我意图了解父亲的任务奠定了基调。

---

① 玛莎·盖尔霍恩（1908—1998），海明威的第三任妻子，也是著名的作家、新闻记者，曾与海明威一起到访过中国，报道中国的抗战。

序

布伦丹·海明威　斯蒂芬·亚当斯

《亲爱的老爸》这本书，可一睹欧内斯特·海明威和他的次子帕特里克之间的亲密关系，是绵延他们有生之年那些通信的缩影。

帕特里克·海明威在 2020 年开始策划《亲爱的老爸》一书，同时邀请他的侄儿布伦丹·海明威和他的外孙斯蒂芬·亚当斯来协助他的工作。帕特里克的意图是希望通过大量的书信来向世人展现海明威作为父亲是怎样的一个人。

世人已然了解了作为作家以及作为名人的那个被夸大了的欧内斯特·海明威。现在，帕特里克想通过精选一些他们父子间长期以来的通信，让人了解一个顾家的、全力以赴当好父亲角色的海明威。

欧内斯特·海明威结过四次婚，其中有两个妻子为他生下了三个孩子，所以在这些书信里养家糊口占据了大量的篇幅。他在 1921 年娶了哈德利·理查逊，两人于 1927 年离婚。哈德利是帕特里克亲爱的大哥杰克的母亲，但她并没有在帕特里克的生活中扮演重要角色。帕特里克和弟弟格列高利的母亲宝琳·法伊弗，在1927年到1940年间和海明威维持了婚姻关系。她在帕特里克的生活中扮演固定的角色，直至1951年过早地离世，当时帕特里克二十三岁。玛莎·"玛蒂"·盖尔霍恩在1940年嫁给海明威，之后在1945年离婚。玛莎特别喜欢帕特里克，在她下半生里也一直保持着和帕特里克的联系。然后到了1946年，海明威娶了玛丽·威尔什，直至1961年海明威去世，玛丽成为遗孀。尽管玛丽嫁给海明威时帕特里克已年近十八，他们之间还是产生了真挚的友情，而且他们俩对艺术史都有浓烈的兴趣。

作为海明威的次子，帕特里克是个典型的孝子、调停风波的人，他一直和父亲保持着联系，直至父亲去世。无论生活中出现怎样的风风雨雨，他们始终保持通信，这些信件在他们的关系中始终以一种非典型的海明威的方式，起着化解矛盾、克服困难的作用，而典型的海明威的方式则是尽量回避问题、不露感情。

这些信件里不仅出现了大量的人物，而且有很多是以绰号的方式被提及的。海明威家族有喜欢给人起绰号的悠久传统，而海明威本人也尤其擅长且热衷于此道。

你在这些信件里会发现的另一个家族传统就是落款处用一个小括号，里面有一个点，代表吻，我们通常打成"(.)"。海明威继承了这一传统，还把它传承了下去。

海明威父子在单词的拼写方面都不太拿手，为了不干扰读者们的阅读体验，本书做了大量的错别字修改工作。

我们在这里所说的书信，涵盖了所有的通信方式，不仅指信件，还指电报、明信片、短笺。

当我们在 2020 年重新回顾这些书信时，它们已经是五十九年到八十八年之前的文字了。许多语言和观点在当时极为普通，但如今或许被视为不合适。帕特里克坚持不做修改，所以在书信中他和他父亲使用的任何一个问题词汇或语句都予以保留了。对此我们不找任何借口解释。另外还有一些对打猎和钓鱼的生动描写，可能会引起部分读者的不适。我们的目标是保持历史的真实度。如果有读者因为本书文字的纯天然性而中止了阅读，我们预先在这里向你道歉。

要感谢海明威书信项目组的桑德拉·斯帕尼尔以及肯尼迪总统图书馆和博物馆（那里保存着欧内斯特·海明威的藏品）的工作人员，才使我们有幸接触到了海明威的全部档案。除了为我们提供原始材料以外，他们还帮助我们查找丢失的文件，誊写受损的或是残缺的文件。

成果就是诞生了这本按时间顺序排列、以帕特里克一生中的几个时期分成若干组的家书选集。

我们希望通过阅读这对父子间的家书，海明威的粉丝们能够更加广泛、深入地去理解除了作家这一角色之外的海明威这个人。

1935年摄于基韦斯特。左起：帕特里克、邦姆比、格列高利

第一章　幼年时期

帕特里克出生于1928年6月，当时欧内斯特·海明威是二十八岁。①那时他已经出版了《太阳照常升起》，而《永别了，武器》也即将出版。在帕特里克年仅四岁的时候，海明威给他写了第一封信。彼时海明威正在第一次去非洲狩猎的旅途中，而这次旅行也将点燃他贯穿终生的对这片大陆的热情。帕特里克这时则忙于逗弄他那出生于1931年11月的小弟弟格列高利。

这一时期的家书相对较少，但它们代表了父子关系的基础，对这父子俩具有深远的意义。在刊行于1968年12月的《花花公子》杂志的一篇文章里，帕特里克把自己的童年称为"真正的魔幻"，通过这些家书我们就能理解为什么他要这么形容了。

当帕特里克写下这一时期的最后一封信时，他还未满十四岁，当时他正在基韦斯特玩耍，享受着进入寄宿学校之前最后的自由时光。而海明威则在古巴追踪德国的潜水艇。

第一封信

致帕特里克·海明威
1932 年 8 月 12 日
怀俄明州 L Bar T 牧场

亲爱的帕特里克：

你好吗，胡莉和格列高利怎么样？

爸爸带上妈妈去了教堂，我们也去打枪了。我们打了二十四只母艾草鸡。它们的个头比小鸡大，飞得很快，飞起来时发出很响的声音。我们差不多快把它们吃光了，剩下一点明天再吃。天哪，它们太好吃了！

回家的路上，我们见着了四头熊和四头很大的公驼鹿。我给它们拍了照，照片印出来了就寄给你。

每天晚上我们都能听见土狼的嚎叫。

爸爸之前生病了，一直待在床上，不过现在好了。

等到下个月我的书出版了，我会把它寄给你，只给你一个人。里面有很好看的图画。

告诉杰妮阿姨我想买一条好猎犬，好和胡莉一起去打猎。

爸爸
爱皮戈特家里的每个人

---

① 海明威出生于 1899 年 7 月，此时即将 29 周岁。

非洲之旅，1934

致帕特里克·海明威

1934 年 1 月 19 日

肯尼亚内罗毕

亲爱的老墨①：

你这个老酒鬼好吗？

请转达我对乔希先生、布拉上尉和萨利的问候。

告诉格格②，他妈妈是个出色的猎手。

在我们打到第一只大狮子的那天晚上，当地人把她抬在肩膀上又唱又跳，一路唱着狮子之歌，你要是能看到就好了。他们抬着她围着篝火转圈，然后一路把她抬进了帐篷。

我们看见了八十三只狮子，打死了三只黑鬃毛的狮子。都是大家伙。查尔斯打死了最大的一只。另外一只也是他打的。我们还打到了三十五只土狼。三头野牛。大约八头汤普森瞪羚，大约六头大羚羊，三头转角羚，四头旋角羚，六头果斑羚，两头豹子，五头猎豹，还有许多斑马，要它们的皮。三头水羚，一只山猫，一头薮羚，一头马羚，三头疣猪，两头山羚，两头侏羚，还

---

① 海明威给次子帕特里克取的绰号有"墨西哥人"（Mex）、"老墨"（Old Mex）、"老鼠"（Mouse）等。

② 即格列高利。

有不计其数的沙鸡、鸭子、小鸨和大鸨,还有鹌鹑。

你肯定会爱上这个国度的。

也许哪天我们会来这里,全家人都住在这里。在她去过的所有地方,妈妈最喜欢这里。

我在船上得了阿米巴痢疾,不得不乘维多利亚湖的政府官员们帮我订的小飞机去四百英里外看医生。医生给我打了针,治好了我的病,后天我就要飞回去了。

我生病的时候[下文丢失,页边被裁掉了]一品脱血,每天在大委员会。

我觉得我的五脏六腑都流出来了,我们必须放几根吉米的老水管进去。

向尤拉姑姑问好,告诉她我会给她写信的。也向比泽、格格问好,祝艾达万事如意。(.)

也向吉米转达我的问候。(.)

请给我们写信。

爱你的爸爸 (.)

一次野餐和对一只公鸡的恶意

致欧内斯特·海明威

1939年8月16日（11岁）

佛蒙特州夏令营

亲爱的爸爸：

你好。我前天收到了你的信。请把气枪拿到西部来。昨天我们去卡恩斯野餐了，我们吃了汉堡，后来我们还去小溪里游了泳。今天是运动会，我们会做各种各样的运动，我们都很好。

爱你的帕特里克

××××××××××

又及：希望那只公鸡死了。

家里的消息

致帕特里克·海明威
1939 年 8 月 23 日
佛罗里达州基韦斯特

最亲爱的老鼠和格格：

我们平安地回到了基韦斯特，不过家人不在身边当然觉得寂寞了。不得不在大风天里渡海，通宵掌舵我的脚到现在还觉得疼。太颠了，在座位上坐不住，海水横向涌来（斜地里），所以是一路摇晃。

这儿没事。六只矮脚鸡还活着。孔雀死了几只。母孔雀全都产子了。母孔雀没有尾巴。吉米没有香烟，欧内斯特先生。

妈妈来信说她过得快活极了。她乘车去了德国，还有奥地利以及法国各地。

现在不得不停下来去打包了。这里的每个人都很爱你们。不是布鲁斯就是我会去接你们的。多数是布鲁斯，因为我不想看见一个有那么多事要做的纽约，比如要打理鹳鸟俱乐部什么的，我情愿出门去牧场。

这本书已经写了七万四千个字了。我坐在这个酷热的地方写一场暴风雪，我觉得越来越写不下去，越来越写不下去了，于是我想："管它三七二十一呢，让我们去西部看一看暴风雪吧。"

和布鲁斯一起乘火车要乖一点，别讨人厌，因为在我们单独相处的时候，每个人都应该尽量表现得好一点，不然我们就很可能因为不守规矩而受到严厉的管束，你们还记得这个导致西班牙共和党人变成什么样了吧。（那个著名的克里克。）

爸爸非常爱你们，希望快点见到你们。这儿有气枪和别的东西。邦姆比从肖松尼的诺斯福克来信说，他钓到了一条五彩的大鳟鱼。

爸爸 (.) (.) (.) (.) (.) (.) (.) (.)

滴答的问题

致帕特里克·海明威
1940 年 4 月末
古巴观景庄

最亲爱的老鼠：

谢谢你写得很好的来信。你的信写得越来越好了。

今天这儿天气很好，如果莱塞斯特叔叔今天还不来的话，我就要担心他和安东尼爵士是否有滴答的问题了。接下来三天都是好天。但他们没有消息。

你知道什么是滴答的问题吗？拳击手把心脏叫作滴答，滴答的问题有时候就是指缺乏勇气。你知道勇气是什么吗？勇气就是我们那只矮脚鸡从来不会缺少的东西。

很高兴他们有几场好的比赛。吉基比赛了吗？还是铁宝宝？还是约瑟夫爵爷、战场上的战斗鲍勃？

在佩洛塔最后的八场比赛里我们一口气全都赢了，我已经在季节赛里遥遥领先。领先了一百多美元。埃尔穆阿表现得非常棒，吉勒莫也一样。吉勒莫现在也出来打网球了。他左右手都能打，发球甚至比安东尼爵士还快。

爸爸已经减到一百九十八磅，现在体形好看极了。昨天我借了弗兰奇·斯坦哈特的猎犬维奇，一路打猎到很远的地方。那里很美。有很多鸽子，在沿着小溪的高尔丁斯我们发现了一群鹌鹑。还有三只小鹬。还看见一个不知道是什么的东西，我们就走进去把它踢出来了，原来不过是一只孵蛋的母鸡。我知道在这个偏远的地方几乎每个人都去老教堂，所以你想在哪里打猎都可以。

上周打到三只斑鸠。我没有打太多，因为想在你来的时候可以多看到一些。还抓到了几只鸽子，都放飞了。打在天上飞的斑鸠有趣极了。打锦鸡也一样。我用右枪管打到一只，又用左枪管打到另一只，停在大树顶上的整群鸟儿都朝着我冲下来。它们撞到地上时真的发出了砰砰的声音。

每个人都提起了你，都问你什么时候回来。我不让任何人在此地打凤头麦鸡，现在这里已经有很多麦鸡了。小鹬很有趣，有时候沼泽里会多达十几只。有时候一只都看不见。昨天我抓到一只，仅用了一粒气枪弹就把它打晕了。你可以把它当宠物养。

可现在它已经成了肚子里的食物。猎犬能出色地找到它们。前两天我们没带猎犬，路上有一大群鹌鹑在拉屎。除非你走到它们面前，它们不会飞起来躲进灌木丛。总共有三十只，但我一只都没抓到，因为它们又从灌木丛飞过河去了。

叫格格给我写信。非常爱你，老鼠。

(.) (.) (.) 爸爸 (.) (.) (.)

这本书进展顺利。已经完成二十八章。

考利医生向你问好。他期待着和你见面，也想看看治疗的效果如何。你还在坚持打网球吗？

海盗湾

致欧内斯特·海明威
1942 年 5 月 30 日（13 岁）
佛罗里达州基韦斯特

亲爱的爸爸：

学校下周末停课，之后我们就能来了，就看我们什么时候能订到房间。

妈妈礼拜四从皮戈特回来了。她轻了五磅，看上去好极了。格列高利感冒刚刚好，是上次见到你后的头一次感冒。

格列高利和我,还有另外几个男孩子,骑自行车去了海盗湾。我们在那里的老铁道桥上钓鱼。我啥也没钓到,但考特(和我们一起去的一个男孩)钓到了一条大鲷鱼和一条鲇鱼。

大多数鸟儿现在都飞去北边了,但我们还是抓到了几只。

目前为止我各项考试的平均成绩是94分,希望能保持下去。

艾达和我都很好。

矮脚鸡下了十二只蛋,共孵出两只小鸡,成绩不太好。两只小鸡都很可爱,一只比另一只颜色深了很多。两只公鸡围着它们争论谁是父亲。

我常常去钓鱼,主要钓鲷鱼和鲹鱼。我用活虾钓鲷鱼,用小鱼钓鲹鱼。到目前为止的成绩是:一条梭鱼,许多小鱼。

蛀虫又大量出来了,你几乎无法在靠近灯光处逗留。

汽油配给制生效了。妈妈每周只能得到三加仑。

邦姆比好吗?

请转达对玛蒂的问候。

爱你的
老鼠

1945年前后，三兄弟与海明威摄于古巴德卡萨多乐斯俱乐部

第二章　寄宿学校

从1942年秋到1946年春，帕特里克就读于康涅狄格州新米尔福德的坎特伯雷学校。他去上这所寄宿学校的时候是十四岁，欧内斯特·海明威当时是四十三岁。

刚开始寄宿学校的生活时，帕特里克非常想念过去的自由生活，想念和基韦斯特当地的小伙伴们在一起到处玩耍的乐趣，想念和家人们一起在古巴的幸福生活，想念热带的气候。

更糟糕的是，没有了他生活却依旧在继续：他父亲当时还在继续追踪德国潜水艇（为了规避审查，信件里称之为"科研工作"），①之后海明威去欧洲报道战争情况，而帕特里克不得不留在后方。我们从随之而来的通信里获益良多，但年轻的帕特里克却感觉自己被生活抛弃了。

不过，等到帕特里克从坎特伯雷毕业时，他早已克服了思乡病，正准备振翅翱翔呢。

去学校的旅途

致欧内斯特·海明威

1942年夏末，无日期

康涅狄格州新米尔福德坎特伯雷学校

亲爱的爸爸：

我从古巴飞过来的旅途很顺利，起飞、飞出基韦斯特和着陆时，他们都关上了遮光罩，所以我没在旅途中看到什么风景。

迈阿密自战争以来已改善（很多），大多数犹太人都搬走了。迈阿密殖民地旅馆彻底完了，没有服务，啥也没有。

火车上的旅程没有什么新鲜事，除了在南卡罗来纳的某个城市有数百名军人拥上了火车，他们在休假，但车上已经没有座位了，所以他们只得一路站下去。

纽约和平时差不多，汽车不是很多，宾馆的服务很差，但整体来说和以前没啥两样。

我有了很多新衣服，但穿着都很热，不舒服。我多希望可以穿古巴的衣服啊。

上学前我不得不去做了一次体检，似乎没有任何问题，除

---

① 1942年，海明威购买了一艘帆船"皮拉"号，并秘密安上武器，将其装扮成商船，在加勒比海猎寻德国潜水艇。因为需要保密加上战时禁令，他把此项活动称为"科研工作"。

了轻微的甲状腺素不足（我自己的拼法），告诉玛蒂我一定要和她聚会庆祝一下。

请对狼人[①]转达我的问候，他没能做到我很失望。

科研工作的进展情况如何？

告诉格格我爱他，告诉他我要写一封喜忧参半的长信给他，关于我的学校生活。

玛蒂回来了没有？

希望你们全都过得快乐。告诉谢夫林先生我转达了他的口信，人家由衷地感谢他。

期待开学

爱你的帕特里克

沃尔法（猫）

致帕特里克·海明威

1942年9月23日

古巴观景庄

最亲爱的老鼠：

我们以前不写信肯定是太懒了，但是工场的进展速度实在

[①] 狼人即后文的温斯顿·盖斯特，是海明威的狩猎伙伴，与时任英国首相温斯顿·丘吉尔是堂房兄弟。

太快了。每次坐下来时总有别人需要打字机。

孩子，自你走后这里冷清多了。就连狼人都没法让我们开心起来。你走掉他也觉得很伤心。温斯顿直到圣父离开中央车站后才走的，所以你没在纽约碰到他。

现在我们看看有什么新闻。王要第十次或第十五次回到这里来。也许会因为小说工场里堆积着那么多工作而有所延误。

沃尔法，马伊托给我们的那只猫，一只大波斯猫，像牛一样壮，十个月大，颜色像雪豹。格格用柯达胶卷拍了一张我们围着它的很好的照片。它是一只很棒的野猫。

你走后打了两次枪，我赢了七十八和八十六。格格没打中两个十美元，最后一次也出局了。一次是和金特罗，一次是和我，在他这边，每赢到三十六美元就能多加六美元。他现在已经超过六十美元了，爸爸和狼人打败了托里奥、谢夫林和罗德里盖·迪亚兹。格格和我打得不错，沃尔法抓了一只鸟。

玛蒂回来了，不过她会写信告诉你她的事情。

你们学校会审查邮件吗，我可不可以偶尔开开玩笑？

我除了在工场工作外，什么也没干。有时候从早晨五点做到晚上十一点。书进展得顺利。

道奇队的事是不是太糟糕了。

安排好了坐船去收集一些博物馆用的科学藏品。我们还在科希马买了一艘结实的十八英尺的帆船，在上面装上了固定的钓鱼椅。所以哪怕是没有动力，你也可以戴上护目镜去钓鱼，然后再开回来。这是一艘又大又舒适的科希马钓大马林鱼的捕鱼船，今年新造的，新的帆，新的桨，新的桅。这样的话就不会没有船了。"皮拉"号也拿到了牌照。

老鼠老兄，我现在必须停笔了。我要去工作了。大家都问候你。我有一本《全世界的简恩斯飞行器》要寄给你。这是一本很厚的新书。作为给你的开学礼物吧。我非常爱你，非常非常想你。学校肯定不错吧。急着想听你说说呢。

非常爱你的
爸爸
欧内斯特·海明威

很像爱达荷

致欧内斯特·海明威
1942 年 9 月 27 日
坎特伯雷学校

亲爱的爸爸：

我很抱歉没有早点给你写信，可是每件事都要花大量的时间，我每周只有写一封信的时间。

我在这里过得愉快极了，学校比我想象的要好上三倍。

功课很吃力，但我在进步。法语和拉丁语学起来实在太麻烦了，不过数学、历史和英语到目前为止还比较简单。

我收到一封狼人写得很好的来信,他把自己的情况都告诉我了,但我还没有收到你的来信,你收到我的信了吗?

听到格格这么快就康复了,我很高兴。泰斯特的猫咪怎么样了?

科研工作进展如何,你找到小大马林鱼了吗,你得到什么额外的装备了吗?

这里的乡下非常美,很像爱达荷,如果不用上学我会非常喜欢这里的。

狼人邀请我去加德纳岛,等我能去的时候,但我也不知道啥时候能去。

我在参加侏儒(一年级)橄榄球选拔赛,觉得我也许能当上主力队员,因为发生了一件很幸运的事情,有个叫金的人,和我一起在分组对抗赛上担任护锋,而主力队员原本应该压到我们身上的,他们在四次进攻中没能向前推进一码。原因是他们每次都会在我俩前面留下一个很大的空当,所以我们能够非常迅速地阻截带球者。希望他们没有发觉我不知道一支橄榄球队应该有几名队员。

希望很快能收到你的来信。我很抱歉没有更多消息向你汇报,但在寄宿学校里一切都是按部就班的,这你很清楚。

爱你的,老鼠

又及:告诉格格我爱他,告诉他本周内我会给他去信。

感恩节假取消了？

致欧内斯特·海明威

1942 年 10 月 5 日

坎特伯雷学校

亲爱的爸爸：

非常感谢你的来信。我觉得很孤单。

学校一天比一天更有趣更好了。这里不审查信件的，所以你尽管开玩笑好了。

这里当然有那么几位大骗子，我认为马努佩里大师在这份骗子名单上是排名第一的。他是全世界最好的猎手，他最喜欢打的鸭子是黑鸭子，可是当我给他看一张黑鸭子的照片时，他却以为是针尾鸭。

我的学习进步很快，除了法语成绩很糟糕，就像我之前告诉过你的，我的试卷平均分是 25、50、10 分。我的发音毫无问题，可我就是记不住语法，但是我会努力的，也许我会进步的。

我现在成了侏儒队里的主力护锋，但我的身体完全废了，我的手腕受伤，我的脚踝使不上力，我几乎没法走路，橄榄球真是一项美妙的运动，哼。

我没收到邦姆比的任何消息，你有吗？

这里的孩子当然个个都很强壮，今天早晨做弥撒时，有三个孩子昏倒被抬出去了,余下的有一半都在生病。

  我不知道你是否可以寄点书给我,这里除了滑稽书以外啥书也没有,而我现在已经不太喜欢那种书了。

  格格会非常喜欢这里的,这里的洋基队球迷是我这辈子在同一屋檐下看到最多的。

  如果我听上去满是牢骚,我为此道歉。不过,总体来说我有点厌倦了学校生活,它和夏令营非常像,只是规矩更多一点,还有就是如果不努力就什么都得不到,天哪,还要我怎样努力呢。

  这儿鸟很多,但我没时间看鸟。

  很高兴收到了格格的来信,我非常想他。

  我们感恩节不放假了,就连校长休谟博士也不知道圣诞节怎么放。我希望你寄一封航空信给他,问一下他这件事,这或许有用。不过,可别写是我让你这么做的噢。

  我猜玛蒂又去旅行了,很伤心听到她的手的事情,就像我的橄榄球,我们真是同病相怜。我有点怀疑是不是以前已经写过这个了。

问候所有人

都怪口述式录音机

致帕特里克·海明威

1942 年 10 月 7 日

古巴观景庄

最亲爱的老鼠：

收到你的来信，听到你橄榄球打得那么好，学校也像你期待的一样好，我们高兴极了。格格写信告诉了你可怜的贝茨的垂死挣扎。真的太惨了。它得的是和波尼一样的病，拖了很长时间才死掉的，不过我们给了它所有必要的药物，给了它很好的照顾，做了我们能做的一切。但是格格觉得难过死了，我们不知道到最后他会怎样挺过这一关。他真的表现得很好，因为他很理智，尽管他爱贝茨，但他也知道我们无能为力了。另一件帮助他走出阴影的事是，沃尔法已经变成一只很好的猫，泰斯特也有了一只奇迹般的猫宝宝。

格格和球队打球，他投球真的很拿手。洋基队被主教队打得那么惨，这对他来说是个很大的打击，他在系列赛上输了十五块。他第一天和马伊托去了泛美航空听消息，第二天和胡安去公园里看了大分数牌。之后他又和我回家听广播，我们在收音机上听得很清楚，还把分数记录下来。最后一场我们是在海湾的船用收音机上收听的，对老家伙来说，那可真是一次痛苦的打击。

博伊西很健康，威利也是，那只猫宝宝和斯杜皮·沃尔法也是。① 我发现你的猫薄荷的问题是你种得太浅了。你需要把洞挖得深一点，再种得深一点，因为长出来的那个长长的东西你觉得是茎秆，其实是植物的根。只要你把它种得足够深，叶子就有了生长的空间。

玛蒂北上去了纽约，11 号就会到那里了。如果可能，她和狼人会去学校里看你的。如果她去不了学校，她会和你通电话的。总之，你有机会去加德纳岛的，感恩节就在那里打猎。我会和狼人安排好的，等他来这里的时候，我就和他商量具体怎么做。

如果这封信写得乱七八糟，显得不是那么有条理，那都怪爸爸在头一次尝试着用的这台口述式录音机。不过，它至少表明我们的这台录音机多少还是能派上点用处的。观景庄现在很美，我们当然都很想你，希望你在这里。乡下有很多鹌鹑。玛蒂或格格每次出去都会碰上至少两三群数量众多的鹌鹑。格格还没有出去打大鸽子或鹌鹑，但他在团队射击中大约赢了五十块，也有[手写：没打中和出局的]。尽管他在世界杯系列赛上输了，他仍然领先大约六十五块。

现在有很多的鸟儿会飞过这里，有各种鸣禽、黄莺，以及我还没空去确认其种类的小鸟。还有大群的水鸭飞过这里，也许意味着今冬会来得较早。

---

① 博伊西、威利、沃尔法、贝茨、波尼、泰斯特以及后文出现的布莱奇等都是海明威在观景庄养的猫。

所有的科研工作都进展顺利,一切都好。最亲爱的老鼠,我们非常想你,你是个好兄弟、好伙伴、[手写:一起开玩笑的]好搭档。这里没有了你就完全不一样了。我会让玛蒂给你订圣诞节后的飞机,所以你肯定会坐上飞机的,你没有借口不到这里来的。《丧钟为谁而鸣》这部电影差不多拍完了,他们说要把它送去纽约,并叫我过去看。我会尽量让他们把片子送来这里,这样我们都能看到。不管其他演员如何,库珀和褒曼肯定不会错的。

老鼠,写写你的学校生活,把你的一切都告诉我们。我们都想知道你的情况。转达我对 H.F 全家的问候,我们全都爱你。爸爸非常爱你。

[手写又及:] 我会多给你写信的。格格昨天也写了。麦克斯·珀金斯[1]正给我寄那本关于橄榄球的大书。你要永远记住,擒抱对手时手臂要甩开。擒抱前手臂要完全张开,然后两只手狠狠地扣下去。就像用手掌拍打胸脯一样。摔下去的时候要尽量保持侧着身体,这样可以护住你的蛋蛋,就像打拳击时一样。

打球的时候要穿上护裆。

爸爸

---

[1] 即美国著名出版家、文学编辑麦克斯威尔·珀金斯(1884—1947),有"天才的编辑"之称,被称为海明威、菲茨杰拉德等当时一众著名作家"背后的男人"。

望远镜

致欧内斯特·海明威

1942 年 10 月 11 日

坎特伯雷学校

亲爱的爸爸：

我又收到了一封狼人的来信，信上说他准备 10 号动身去古巴，所以我猜在你收到这封信时他应该已经到了。

按照我们的日程，一年级球队打了他们的开场赛（英语老师吉伯斯先生要是知道我在这里把第一人称改为第三人称复数，肯定要杀了我的，但我知道你能理解的），我们输了，6 比 0，不过下一场我们也许能赢。

爸爸你觉得可以吗 [？] 让哪个来迈阿密的人帮我把望远镜带来，这样我就能在这里用上了？

我这里常常需要它。

妈妈下周末来看我，见到她我会很开心的。

圣诞假期还没有决定，不过妈妈或我知道后会马上给你发电报的。

我当然希望多给你写信，但我真的没啥事情好说。

爱你的

老鼠

又及：非常爱格格和玛蒂

我们选择去的一个地方

致帕特里克·海明威

1942年10月15日

古巴观景庄

最亲爱的老鼠中的老鼠：

今天收到了你的第二封信，天哪，收到你的信我们都很开心。我大声地读给格格听，还为来这儿吃午饭的唐安德烈斯先生把它翻成了西班牙语。在亲爱的老坎特伯雷的情况听上去当然都很好。

今天我收到玛蒂的一封电报，她让我和你妈安排一下，让你们的校长给你周六放假，这样你就可以去加德纳岛和狼人一起打猎了。我立刻就给你妈发了电报，让她去交涉一下好让你这次可以去打猎。就目前为止我所看见的来说，学校似乎是专门致力于如何把假期剥夺掉的地方。你手写的字糟得一塌糊涂，你的拼写更糟，但是感谢上帝你还能写信。我当然希望他们这个周末能放你的假去打猎，因为感恩节的假期已经彻底没有了。如果他们不放，从现在起你可以依靠爸爸把海明斯坦的威力（在雄辩术上的）全部发挥出来，靠我的意志力来战胜你的学校。我同意你进这所学校的理由之一是因为这些长长的假期；你还记得那些长假期吗？毕竟，这所学校不是联邦政府或任何州政府运营的，是我们自己选择去的一个地方。话又说回来，要知道任何学校刚开始的时候都会显得很艰难，因为它们几乎都是用同样的材料做出来的。不像在老家时的学习，我们在观景庄举办的文学社团，还有自学提高的组织。它是学校，我们在这个世界上要学会的一件事就是你必须忍受无数这样的事，你也许现在就可以开始在学校里学起来了。校长自己的儿子就成了个酒鬼，至少我们可以做个好榜样，我们俩无论如何都不会变成酒鬼的。

万一学校真的有邮件审查制度的话，以上的文字会立刻产生后果的。不过，在他们同意或拒绝放你去加德纳岛旅行之前，你是不会收到这封信的。那里有什么好人吗？肯定有几个的吧。喜欢黑鸭子的金听上去好极了。他让我想起了西部营地里打进十二球的那个马球先生。我知道你对法语的感觉。我也从来都学不会那些个外语的语法。但你必须拼命地去学，要竭尽全力，然后在突然之间你就会开窍的。不管怎么说，学不好法语是难为情的一件事，想想你以前只会说法语的时候吧，当时我去波尔多接你，你连一句英语都听不懂。你学语法的时候总会觉得它很傻，但到最后都会发现它其实很有道理的。不过，法语语法就像别的语法一样令人抓狂。尽管学会它对你的老脑袋瓜子是有好处的。我们必须不断地克服自己的弱点，来增加自己的强处。

麦克[①]给你的那本大飞机的书收到了吗？如果还没到你告

---

① 即麦克斯。

诉我，我会去催他寄给你的。我们也会寻找别的好书寄给你的。我知道滑稽书到最后肯定会让你厌烦的。

今天下午格格带着他的乌合之众去德卡萨多乐斯俱乐部玩。在那里他们会第一次体验到滚地球在飞出去之前不一定会撞到石头或者水泥柱。我们希望他们真正接触到滚地球后会喜欢上它。由于世界杯系列赛上主教队的艾诺斯·斯劳特和泰利·摩尔的杰出表现，格格一门心思想成为一名外野手，他的唯一问题就是接不住飞过来的击球。只要他能学会抓苍蝇，他也许就能成为有史以来最出色的外野手之一。他当然知道所有的统计数字。

啊，老鼠，我希望他们都搞定了，这样你就可以去加德纳岛打猎了。如果还没搞定我可真的要怒了，因为我接受那所学校的条件就是有长假，由于我们一开始就已经上当受骗了，而且到现在也没人知道圣诞怎么放，所以我当然觉得你应该有一个周末的假日。我会寄航空信去问学校管理层圣诞假期到底如何安排的。同时，我已经为你们预定了圣诞节后来古巴这里。如果有空，邦姆比到时候也会来的。

加倍地努力学习吧，因为这是在学校里花时间的唯一理由。他们说在中学和大学里你会遇到陪伴你一生的最好的朋友。我们已经认识了外面的世界里的几个非常好的男人。尽管你应该做的是拼命地学习，掌握所有的课程，全力以赴地学好法语，碰到有不理解的地方，要不耻下问，直到弄明白为止。我到现在也还没能理解英语的语法，我是说语法规则，你真正学会一门语言是通过耳朵的。通过另一种方式来努力掌握这门语言吧，如果可能的话。

我非常爱你，还有格格以及在这儿的所有人都向你寄上最好的祝愿。爸爸和格格吻你。

观景庄以你为荣

致帕特里克·海明威
1942 年 10 月 20 日
古巴观景庄

最亲爱的老鼠：

玛蒂礼拜天给我电话，告诉我那位王子中的王子休谟博士是如何拒绝你的请假，不让你和温斯顿·盖斯特一起到加德纳岛去打猎的。如果你能搞到一张校长椅子的拓印让我知道他臀部的尺寸，我就知道在我去拜访这位好博士时该穿多大的铁靴子了。我真他娘的怒了。先是骗我说有长假让我接受了这所学校，后来是取消了感恩节的假期，再后来就是这次拒绝，理由是"有违学校十八年来的传统，再加上去那个地方对帕特里克也不太好"。和玛蒂商量后会写信给博士问他圣诞节的安排。

老鼠[格格]23 号礼拜五会回来。他回来的原因是艾达没时间去迈阿密接他。她要南下去基韦斯特。我已经安排好了让他 31 号走，作为命令或请求。这种事情没有一件会使我对办事的方式产生敬意。实际上我对这种事情已经腻味透了。

这里没多少事情可写。许多的鸡毛蒜皮。从没这么努力工作过。所有的工作都进展顺利。

橄榄球怎么样？有人问过我同意让你打橄榄球吗？这事得研究一下，我估计那帮蠢货认为是妈妈让你入学的，所以我应该没什么话语权。格格常常打棒球。前两天我给一支球队当投球手，酷酷·寇利给另一支球队当投球手。格格在我的球队里，我们以26比24赢了。第九局轮到我跑垒，必须让对方三个人出局（你知道都是人高马大的）。礼拜天格格给一支球队当投球手，鲍勃·乔伊斯也在那支球队里，以24比22的成绩打败了我效力的那支球队，格格的球队得了24分，击中三次。而我们这个辉煌的九人组只得了22分，一次也没有击中，除了两次突然的传球给爸爸，每次都抛回了本垒。不过，乔伊斯很会击球。他击中了好几次。他为格格击球。

猫咪们都很好。小冲冲会爬上床来，大声地喵呜叫。

鸽子们都换羽毛了，长出了新的羽毛，漂亮极了。已经有几个礼拜没生病了。

上次给你去信后没打过猎。格格会给你写信说说我们在海上过的日子。

再见了，最亲爱的老鼠。我们都非常想你。在学校里尽最大努力吧。所有这些自以为是的学校全都一个德行。不过，拥有18年悠久历史的学校当然最注重他们的传统啦。在他们的伟大传统开始的时候，爸爸正在潘普洛纳为《太阳照常升起》收集素材，不管这两者之间是否有关系。

谢夫林向你问好,你的别的好友也都问你好,格格和爸爸也一样。我知道你是一个正直、善良的人,而且会永远保持下去,观景庄以你为荣。

爸爸

欧内斯特·海明威

感恩节终于放了

致欧内斯特·海明威
1942 年 10 月 22 日
坎特伯雷学校

亲爱的爸爸:

我希望你还没有给校长寄去一封怒火燃烧的信,因为他已经改变主意了,我们到底还是有了一个感恩节假期。这样我就可以去加德纳岛了,狼人这个周末会来学校里看我,我会和他详谈的。

上周日妈妈来看我了,我们在一起度过了非常愉快的一天。

玛蒂昨天给我来了电话,她说她礼拜六去哈瓦那,所以她多数会比这封信先到的。

学校里流行起了超棒的腹泻[拼写错误],今天早晨做弥撒时简直搞笑死了,看着他们一个个的都来不及脱裤子,呵呵!不过，我到中午时候也得上了，这就不怎么好笑了。

我们现在有了静修活动，挺有趣的，不用上课，但要做很多的祈祷和冥想，而我的冥想主题主要就是芝加哥的拜耳队，开句玩笑。

我收到两封邦姆比寄来的写得非常好的信。他说他也给你去信了，你应该已经收到了，我把他的信也一起寄给你，因为它们也是写给格格的，他常常去打猎，但没有钓鱼，多大的改变呀。

明天，侏儒队就将迎来第一场比赛，我会在下一封信里告诉你伤心的消息。

麦克斯还没寄来那本大书，不过我猜就快来了吧。

我希望有更多的话好和你说，但就像我之前说过的，这里发生的事情真的好少。

请转达我对大家的问候。

爱你的

老鼠

又及：罗里法克斯好吗，我在这里想死它了。我尽量提高写作文的能力。

终于到了加德纳岛

致欧内斯特·海明威

1942 年 11 月 29 日

坎特伯雷学校

亲爱的爸爸：

我昨天从加德纳岛回来了，我过得很愉快。我是在礼拜三的晚上到达东汉普顿的，不过马上要上岛的话就太累了。我们是礼拜五的一大早上岛的。我们一早上都在伏击鸭子，天哪，那些黑鸭子太聪明了！它们会游过来，这没问题，但仅仅在大约七十码之外，就好像它们知道最多能靠近到什么程度才能保持在射程范围之外似的。我们最终打中了两只，我打中了一只，和我一起的那个男孩查尔斯·克拉克打中了另一只。它们当然是两只很好的鸭子。

回去的路上我们看见了六只鹅正往池塘那里去，池塘就是他们喂鸭子和鹅的地方，于是吉米·艾克斯驾车送我们去沙洲那里，它就横亘在池塘的入口处。我们三个，尼尔先生，他也在岛上，查尔斯·克拉克还有我都沿着沙洲埋伏好，艾克斯先生去吓唬它们、往我们这边赶，它们朝我们过来了，不过对我们来说距离还是太远了，结果就我一个放了一枪，看着这些庞然大物我有点过于兴奋了，所以完全打偏了。不过，能看到它们还是很棒的。

就在午饭前我们又去追锦鸡,在短短的十分钟里我们就打中了七只,我打中五只,克拉克一只,艾克斯先生一只,又看到这些漂亮的老鸟真是太棒了。

我们吃了一顿很棒的感恩节晚餐,一只大火鸡。

晚饭后我们去猎鹿,我没能打中一头漂亮的公鹿,它大约在一百七十码开外,我完全忘记了扣扳机,我大概在三码的距离开了枪,这场面真丢脸啊,你肯定能想象出来。克拉克也开枪了,他打的是一头母鹿,不过到那时我俩都已经绝望了。

我们打完鹿后,又去追黑鸭子,此时天还没黑,刚好能看见它们准备睡觉,我们美美地打了大约十分钟。

等到我们回去的时候天已经黑了,就这样结束了打猎。

岛上的每个人对我们都很好。我们过得愉快极了。

第二天早晨我们不得不五点就起床,为了赶去纽约的火车。

我们在纽约吃了饭,然后乘火车去学校。

我希望你已经收到我那封关于圣诞放假的信了,我多数在12月15日可以离校,如果有什么新的安排我会发电报告诉你。我也写信告诉妈妈了,估计学校也给她发了通知,我猜她也会写信告诉你的。

我现在在打篮球,但我不是很擅长,更糟糕的是我一点都不喜欢,我都等不及明年春天和你一起打棒球了。

我非常想你,不过离圣诞假期只有两个多礼拜了,我们马上就能团聚了。

> 爱你的
>
> 老鼠

又及：请转达对玛蒂、狼人、谢夫林先生［拼写错误］的问候。

醉了的军人

致欧内斯特·海明威

1943年1月10日

坎特伯雷学校

亲爱的爸爸：

我来这里的旅途很愉快，结果一切都很顺利，等我到达迈阿密殖民地旅馆时，火车票已经在那里等着我了，你发电报的当天妈妈就收到了。

我回到学校后发现那本新的鸭子书也到了，这当然是一本好书，非常感谢你。

学校还是老样子，礼拜六就要开始期中考试了，希望我能取得好成绩，反正我学习非常用功。

天气很晴朗很冷，每天晚上都是十几度，①当然和古巴不一样。

我在迈阿密和妈妈通过电话，她听上去不错，在基韦斯特的每个人似乎都不错。

我来这里乘的火车上人不多，但是有很多军人。其中有一个醉得很厉害，他吵得我一直没法睡，直到最后他自己睡着了。

我很抱歉信写得这么短，但是收音机里开的震天响的"合家祈祷时间"和敲打着桌子的小伙伴们闹得我似乎没法集中思想。

请转达我对狼人、谢夫林和男孩们的问候。

爱你的

老鼠

又及：医生说我一点毛病没有。我感觉好极了。

---

① 华氏温度，相当于零下十几摄氏度。

一封给他鼓气的信

致欧内斯特·海明威
1943 年 4 月 4 日
坎特伯雷学校

亲爱的爸爸：

我已经回到了这所古老的好学校。旅途中平安无事。去迈阿密的飞机非常颠簸，我没有晕机纯属运气。

妈妈和格格在迈阿密接我了。在乘火车去纽约之前我们在一起待了一天。格格看上去很好，但是对回学校显得有点不开心，我觉得他需要一封给他鼓气的信。

火车旅行非常棒，风景美极了，我的心情也极其愉快。

"银流星"号火车，整整晚点了三个小时。美妙的速度！

学校里很冷，但地上成百只知更鸟给了我们希望，我希望天气更暖和一点。

我现在必须停笔去学历史了，因为我有那么多要学，而时间又那么有限。

请转达我的问候给玛蒂、狼人、唐、帕奇、格雷戈里奥·泰南丢儿、猫咪们，等等，等等。

非常爱你的

老鼠

帕特里克·海明威

自你走后，甚是想念

致帕特里克·海明威
1943 年 8 月 9 日

古巴观景庄

最亲爱的老鼠：

自你走后，甚是想念！船上的事情很忙，还要好好地锻炼，为了射击保持好体形。礼拜天射击赢了二十五次，其中十七次很难，还有三次简直是无法完成的任务。到最后就连观众们都支持起了我们。你见过的最差劲的格罗比尔长筒靴。至少要花一千二百块。在射击场上必须甩开八个枪手。猫咪们都很好。玛蒂很好。格格很好。你还记得弗罗拉德拉吗？一个叫柯平的老头，从 1937 年起此人就没打过枪，以 100 分的满分取得了抛靶射击的冠军。三十年来这第二次的满分冠军几乎造成射击班的一波自杀潮。第二名是牛果 97 分，第三名弗兰奇 96 分，乔司·马里亚只得了 88 分。我尽力想拿冠军的。真希望你能在这里和亲爱的老爸一起参加。

威利也问候你

爸爸

像以前一样有趣

致欧内斯特·海明威

1943 年 8 月 21 日

坎特伯雷学校

亲爱的爸爸和玛蒂：

很高兴听到格格在射击冠军赛上表现出色。运气真糟，胖子有好手套，而格格的手套破破烂烂。

基韦斯特的变化甚至比圣诞节时还大。军港一直延伸到了县法院那里，几乎把一半的黑人城镇占据掉了。飞机比我去过的任何地方都多。它们整天从我们的屋顶上飞过，发出剧烈的响声。市区的最北边也改变了，尤其是县道一带，有很多要造防御工事的工程项目。

我们的熟人都很好，都问候你。汤普逊先生让我告诉你他没能把你要的网寄给你，因为在船只离开之前几乎都没有时间，在离开之前他也找不到一张网。

格格和我今天去钓鱼了，但我们什么也没钓到。我们用小龙虾做鱼饵，你知道用它钓灰鲷鱼有多难，鲷鱼一咬饵就会马上脱钩。

格格和我会按照你的建议在 28 号去拜访邦姆比。很遗憾他只能在那里逗留很短时间，但总比不见面要好。我觉得他不太喜欢迎迈阿密。

现在我要去睡了，我想不出还有什么要写的了。

爱你的

老鼠

努力参加三年级球队

致欧内斯特·海明威
1943 年 10 月 3 日
坎特伯雷学校

亲爱的爸爸：

我很抱歉没有早些给你去信。开学的头几个礼拜总是一大堆破事，等我有了空闲的时间吧，我又犯懒了。我保证从现在开始不偷懒了。

乡下现在变得很美，树叶也换了颜色。今天天气晴朗寒冷，四下里五颜六色的，好看极了，可惜我还在学校里。

今年我想尽力进入三年级球队，可是到目前为止我们还没有教练，所以我也不知道我们会参加几场比赛。我要参加擒抱手的选拔，我有拿手的两个小项目：擒抱和拦截。

我们今年来了一个很有趣的数学老师。他属于这样一种人，总是克制不住要把自己的事情讲给别人听。你知道，什么他的大学室友是个出色的作家,写过一部还未出版的小说,但是嗜酒如命。别的老师都和去年一样,除了那个古怪的西班牙语老师詹金斯先生没有回来。请写信告诉我在旅途中钓鱼的情况。

爱你的
老鼠

回到侏儒队

致欧内斯特·海明威
1943 年 10 月 14 日(15 岁)
坎特伯雷学校

亲爱的爸爸:

我很抱歉我手写的字。我觉得这主要是因为我的懒惰。从现在起我会尽量改正。真可惜长途旅行的计划被搁置了。还记得去年圣诞我们一直在等的北风到最后也没来吗?也许今年还是那样,因为严寒估计鱼儿也不会太多。

我因为体重不足被三年级球队踢出来了,所以我又回到了侏儒队。不过,我至少会成为一个主力队员的。就在前天我被踢出来之前,在我擒抱的时候我的牙齿撞到了别人的膝盖,这样我右边的一颗门牙就松掉了,我可以捏着它前后摇晃,不过现在已经好多了,尽管还是松的。我想它会恢复到原来的样子吧。

上周我们这里已经进入了秋高气爽的天气。这样的天气正适合打锦鸡。我希望你能来这里，那样我们就能一起去打鸟了。现在还没有真的冷到需要鸭绒被的地步，不过我相信也快了。

我没有邦姆比的地址，也没有他的消息，不过我可以问妈妈要，然后给他写信。也许他会给我回信。我估计他现在肯定很忙，所以没给我写信。

最近两周我的功课学得非常吃力。数学依然是我最弱的科目。上一场考试我侥幸 60 分过关。考的是因式分解，反正对我来说很难。不过，这学期我的书足够了。我在北上的途中和妈妈一起去了斯库里布纳出版社①，我在那里也得到了一些书。

我收到了格格的两封写得非常好的来信。詹妮姑妈给他和我各寄了一艘 abc & fitch 的帆布艇，我们去岛上钓鱼时可以用它，因为它可以折叠后放进汽车里。

上周吃午饭的时候，突然有一只鹿出现在学校的草坪上，尽管只是一只母鹿，但它对这个单调的地方来说已经够美了。它是今年到目前为止我在这里看到的唯一一种猎物，这里就连锦鸡都没有一只。

这里变得越来越没劲了，要不是我有那么多功课要学，我真的会厌烦。

请代我问候狼人、格雷戈里奥、帕奇、迪尼，还有其他所

---

① 斯库里布纳（Scribner）是美国的老牌出版社，从上世纪 20 年代起就出版海明威的作品，海明威与斯库里布纳父子保持了三十多年的友谊。本书也是由斯库里布纳出版。

有人。

爱你的

老鼠

橄榄球的大日子

致欧内斯特·海明威

1943 年 10 月 28 日

坎特伯雷学校

亲爱的爸爸：

没有收到你的消息，所以我想你已经开始了大旅行。天哪！我希望我也在那儿。我希望你多拍点照片，等你回来的时候我就能看到你旅行的情形了。

这个礼拜我过得特别愉快。五周的评分阶段差不多要结束了，所以功课不是那么重了，尽管还有很多测验。这个阶段我的分数应该蛮好的。除了数学，所有的成绩都在 80 分以上，即便不算太糟，我也永远搞不清。下个礼拜也许会特别吃力。

周六是橄榄球的大日子。三支球队全部有比赛，不是在本校就是在别的地方。今年我仍在第三队。我们的比赛在南肯特。我们早晨坐火车去了那儿，然后吃了午饭，下午就参加比赛了。我们以 20 比 0 赢了比赛。第三队和第二队都赢了，但第一队以 0 比 6 输了。

你感恩节有可能来这里吗？我当然希望你能来。我们可以玩个痛快。

很爱狼人和男孩子们，还有唐安德烈斯。

> 爱你的
> 老鼠

比炼狱更寂寞

致帕特里克·海明威

1943 年 10 月 30 日

古巴观景庄

最亲爱的老鼠：

很高兴收到你的来信，以及知道了你们这支杰出的第三队仍在发挥余热。让另外两支球队见鬼去吧。我支持第三队。我希望你们获胜后在城里放一把火。你显然继承了老爸皮厚肉糙的优良传统，我以前以"全美大裤衩"而闻名。邦姆比在全盛期被称作"哈得孙的跷脚驴"，更别提你爷爷了，他可以带着球轻轻松松地来回奔跑，必须有个人拿着指南针一直跟着他，告诉他哪里是要跑过的终点线。他是中西部曾有过的最伟大的一个神出鬼没的后卫。在他拿到球的时候（多数是因为打错了手势），没人能看出他是想触地得分还是安全得分。

玛蒂上周一出发去了目的地。邦姆比显然也结束了假期。迈阿密寒潮来袭,也带来了大量的鸭子,还有成千上万只鹬鸟。我们希望周二开始能够离开一段时间,不过不是去我们想去的那个地方。那里现在没鱼。

你知道假期了吗?我指日期。及时告诉我,这样可以安排你回来。11月份去北方看来是泡汤了,因为我们延误了太长时间。这个月真是糟糕透了。最近三天没有一天好天,现在又是个大风天,可我感觉好极了。你还〔删除:内格丽塔有两个〕记得弗罗拉德拉吗?不,这是开玩笑。我是说你还记得我们叫他辛巴达的那个巴斯克上尉吗?高个子,和我们打过一次水球的那个?我们用他取代了迪尼。老实的唐也走掉了。

老鼠,我当然想你啊。这里现在比炼狱更寂寞。只有猫咪们为伴。你的威尔像往常一样好。布瓦西很可爱很好。"清高"成了一只了不起的猫。小冲冲很坏,与人保持距离。泰斯特对我很友好,但对别人不好。毛屋和布罗都好。弗兹像黄鼠狼一般大,动作也像。它是一只行动迟缓、与人友善的好猫。

现在必须进城去佛罗里迪塔吃午饭来满足低级欲望,然后在二十五米之外面对一个凶狠的邮差。今天是礼拜六。佛罗里迪塔在礼拜六总是座无虚席。

谢谢你经常写信,也谢谢你写信这么注意文笔。非常爱你的爸爸。

欧内斯特·海明威

第一张二年级成绩报告单

致欧内斯特·海明威

1943 年 11 月 2 日

坎特伯雷学校

亲爱的爸爸：

　　昨天我的第一个五周期的成绩出来了，我想你要看报告吧。成绩当然比去年好多了。我希望我能保持下去，也许下次能更好。我的数学和英语成绩都提高了蛮多的。在成绩单上我有了第三个最高平均分。第一个平均分是 89，第二个也是。

　　你有机会在感恩节的时候来北方吗？如果有的话就太好了。如果没有，我就要想一想该去哪里，因为不允许我们单独去纽约或任何别的地方。

　　非常爱狼人。这周我会写信给他，还有别的男孩子。

爱你的

老鼠

一个人在这里写信

致帕特里克·海明威
1943年11月10日
古巴观景庄

最亲爱的老鼠：

我为你的成绩感到非常骄傲。你干得太漂亮了。狼人也向你道贺，这里的每个人都祝贺你。收到了你的两封信（第一封是关于黄鼠狼的！），都是胡安把信带到翁达港的。这封回信也是托胡安寄的。

北风来袭时，我们外出了一周。我恐怕感恩节来不了，不过狼人会去的，他会给你们学校打电话，会想尽办法让你来南方的，这样你就能打猎玩乐了。

天气非常冷，我穿了两件毛衣一件大衣，坐在驾驶舱里给你写信。昨天我们救下了索沃德的捕鲨船，它的船锚坏了，一头撞在了礁石上，不过当时船上没人。要不是朋友的船，我们就找海上救助队了。格雷戈里奥去和帕奇、狼人、辛巴达碰头了，他们昨天全都进了城，而我们则被大风困在了这里。所以我是一个人在这里写信。

天哪，今天真不是一个喝冰镇龙舌兰酒的日子，这样的天气更适合泰勒牌的热棕榈酒。

狼人计划 17 号回家,他会给你学校打电话,打听消息。

玛蒂的地址是:英国伦敦美国大使馆,由弗吉尼亚·卡罗尔小姐转交欧内斯特·海明威太太

收到了她平安抵达的电报。知道她想收到你的消息。

我打赌猫咪们肯定觉得冷。你该看看威利是怎样在北风里走进来钻到床单底下去睡觉的。如果这场大风无休止地持续下去,我会让格雷戈里奥和帕奇在船上逗留几天,然后回家看看他们。我当然想念我的猫咪,我的老鼠,还有老格格。也想念邦姆比和玛蒂,但想也没用啊,因为你们在那么遥远的地方。

好了,老鼠,我们马上就能见面了。再次祝贺你取得了好成绩。保持下去。这是让我们彼此分开这么长时间的唯一理由。

非常爱你的
爸爸

重游加德纳岛

致欧内斯特·海明威
1943 年 11 月 28 日
坎特伯雷学校

亲爱的爸爸:

我真的过了一个超爽的感恩节。狼人没能来这里,因为他

要和妻子、母亲一起去度假。不过我还是玩得很爽。

我在中午离校，当晚七点半登岛。吉米·艾克斯和我吃完早饭后去猎鹿，大约在七点半。到十点我已经打到了七头。我从没见过那么多鹿，就像我们的老朋友野兔一样多。第一头是下山方向的射击。它回过头来看着我。我大致瞄准了一下就开了火。我自己都觉得很惊讶，它居然就倒下去了。我用的是220快枪弹，子弹射中了它的脖子。我不记得接下来的两头具体是怎么个情况了，反正也是打中脖子的。第四头很好打。我们是在路中间遇上它的，它大约在七十码开外的地方看着我们。它也是被打中脖子的。接下来的两头有点奇怪。我们在路上大约一百码处看到一头母鹿。在它后面的山上，有一头很漂亮的公鹿。我们停车，它看着母鹿笔直地向它走过去，这给了我一个很好的开枪机会。就在它倒下去后，我又看见了一头公鹿，它的脑袋和鹿角刚好透过薄雾露出来。子弹从它的下巴穿过，射进了它的脑袋。我们把其中五头鹿搬回到屋子里，之后又打到了最后一头。这头鹿只有一只角，另一只角肯定被人家打掉了。我打中了它的肩膀以上的部位，不过它还是继续奔跑了二百英尺左右。这把枪真好，不卡壳，打起来非常平稳。

我们打完鹿后，吃了点东西，然后又去打锦鸡。它们躲在茂密的荆棘丛中，要瞄准它们简直比登天还难。我一口气打了四只母鸡和一只公鸡，之后就一直没打中。

傍晚时我们又去打黑鸭子。它们没有待在原地，在天黑前也没有飞到天上去。不过它们受到惊吓后都飞了起来。我们把它们全部打下来了,那是吉米·艾克斯干的,但我们只捡回来八九只,因为猎狗没法跑进荆棘丛里去找它们。

经过这次打猎再回到学校当然会觉得没劲啰,不过离圣诞节假期也只有两个多礼拜了。我现在是在扳着手指头过日子!

非常爱男孩子们,还有唐安德烈斯。

爱你的
老鼠

又及:接下来我多数不会再写信了,因为离放假没几天了,而且收到信要花十天时间。

回到学校,相当郁闷

致欧内斯特·海明威
1944 年 1 月 10 日
坎特伯雷学校

亲爱的爸爸:

现在我回到学校了,心情很是郁闷。老头在假期的大部分时间里都在生病,实在太糟糕了,不过在我回到这里的前两天我们还是玩得很开心的。他为了古斯舅舅在那里过圣诞还特地搞了一张乒乓桌。他到后的那天早上我们最起码打了十二回乒乓。他身体很好，除了还有一点点感冒。妈妈很好，感谢你给她的朗姆酒，也感谢你处理了瓷砖的事情。艾达和吉米收到格格送去的钱也很开心。

我在基韦斯特的第二天，一个男人走到院子里来，要我去打吃掉他两只小鸡的一只浣熊，那只浣熊当时在马路对面的树林子里睡觉。我用点22口径的猎枪打死了它，妈妈把它剥了皮，洗干净了，晚上吃。艾达像烧野兔似的用薄荷酱烹饪了它。这道菜的味道闻上去香极了，但吃起来并不特别好，不过酱汁还是很美味的。

你还记得那支点22口径的单管猎枪吗，就是你在古巴买给我，后来我常常用它来猎鹿的那支？我用保存着的涂料给它上了漆，然后拿到水下去打着试试看，结果它打得很好。它在一英尺的枪距打进了一根一英寸见方的木头，这个距离不算远，但足以打死一条鱼了。我没有机会拿它试试打鱼，因为水里太冷了，不过有一次我确实去打小龙虾了，小龙虾吓死了，效果比任何一种长矛都好。大约在半小时里我打到十只小龙虾，只有一只没打中。如果用它打鱼也能打得那么好的话，那简直就能给戴护目镜钓鱼带来革命，只要是非洞穴鱼，比如红鲷鱼、梭子鱼、蓝鲹鱼之类，都能成为很简单的靶子，只要你打它们的眼睛、鳃、脑袋，它们就逃不掉了。

苏利文先生带我去大松林和叫不出名字的礁石岛上钓鱼，但是自上次的大风天以来，河水还是太凉太浑浊，我们只钓到几条很小很小的鲈鱼。我带着点22的猎枪，但我们没看见任何猎物。

我差一点没赶上去迈阿密的巴士。车上挤满了人，我只得坐在地上。火车上一点不挤，事实上，还有一节车厢一个人都没有。

天气还是那么冷。已经积起了大约两英寸厚的积雪，昨晚上气温跌到了冰点。我们早上七点钟起床的时候，天还是完全黑的。

妈妈没能订到4号的票，所以我晚了两天上学。这让我觉得很伤心。

你有听到邦姆比的什么消息吗？我回到那里的时候收到了一张他寄的明信片，上面的日期是12月4日，但明信片上没写几个字。

我快要写不动了，而且我想说的也都说完了，所以我要停笔了。如果有时间请给我来信。

非常爱你的

老鼠

一个出色的飞行员

致欧内斯特·海明威
1944年2月4日
坎特伯雷学校

亲爱的爸爸：

就在大约十分钟前，一架地狱猫战斗机飞过学校的三百英尺上空,它俯冲下来,又爬升上去,表演起了悬停。接下来它做了一次环飞,然后飞走了,飞得更高了一点,然后以横滚的特技向我们飞来。它一口气连做了九个横滚动作,就像开瓶器,而高度顶多只下降了几百英尺。我不知道谁在驾驶飞机,也不知道他为什么要表演特技飞行给我们看,但他真是一个出色的飞行员。

今天上午的英语课上发生了动人的一幕。坐在后排的某个人有个棒球的包裹,然后他让里面的五十只球统统掉出来了,一只接一只地掉出来。等掉到第四十七只的时候,老师非常生气,给我们每个人本周的评分都打了 F,除非那个掉球的人主动承认。没人承认,所以我想我本周的评分就是 F 了。

期中考及五周评分期的结果在本周一都出来了,我数学得了 95 分,我希望半年的平均成绩能达到 90 分。

上两周外公的病情相当严重,妈妈也去了皮戈特。他再也没能恢复意识,于上周四去世了。我是今天刚刚知道这个消息的。

爱你的

老鼠

又及:下次会写得更好一点。

一个奇怪的国度(英国)

致帕特里克·海明威和格列高利

1944 年 5 月 25 日

英国伦敦

亲爱的老鼠和格格:

好吧,公民们,这是一个奇怪的国度,但它是我去过的所有国家里最喜欢的一个,除了法国以外。如果是在和平时期,如果你手头足够宽裕,那它应该能胜过法国的大部分地区。因为美国部队把老酒全都喝光了,所以这个国家大部分地区的小酒馆(英国人称之为 pub)都像戈壁滩一样干涸了,所以经过这些地区时,爸爸总是从随身带的酒瓶子里倒点威士忌出来,再掺上水壶里的水,然后赶紧离开。美国水壶会有只铝杯嵌在水壶的底部,在你去机场的路上,或者是从机场回来的路上,你可以往铝杯里倒点威士忌,再加点水,然后一边开车一边欣赏窗外美丽的乡村景色。这里就像春天的高尔夫球场一般碧绿,不过即便如今像公园一般的乡野在以前也是没有灌木丛和二茬林的,看上去像一片荒野。就像爸爸还是小孩子的时候,置身于家乡的那一大片阔叶林里。

你难以置信乡野和树林会这么美。不过,乡野没有遭到破坏,依然生机盎然,我们不得不向北驾车两千英里去观赏这一片连绵起伏的高地、松林和金雀花。没有人有足够的食物，但大家都在吃东西。最糟糕的是喜欢喝啤酒的没法像以前一样搞到啤酒，喜欢喝威士忌的更是伤心欲绝。在许多酒馆里，杜松子酒只供应给女士们。

爸爸住的这家旅馆很可能是自己在厨房里制威士忌的，因为每只酒瓶上都印有旅馆的标志，味道要比阿肯色自家制的威士忌好得多，不过没有古巴或基韦斯特的老酒好喝。我非常高兴来到这里，尽管因为我以前只在别的国家看见过英国人，而待在国内的英国人和他们是非常不同的。在这里没人会尽量表现得和别人没有两样。舞厅里只有香蕉可吃，飞行员没有飞机可开，在这样的条件下，要做他们自己已经够难的了。即便这样也没必要怨声载道的，不过人们的抱怨还是蛮多的，因为已经打了5年的仗，而且在战争的末期又出现了一种新鲜事物，这玩意会发出一种奇怪的噪声，你往往会把它误认为是别的声音，于是每个人每时每刻都得竖起耳朵来仔细听。[手写插入：有时候最后会发出砰的一声，有时候不会。]实际上这玩意并没有炸死多少人，但太多的爆炸造成大量的窗户破碎，碎玻璃往往会把人割伤。

我和那些负责把它们打下来的小伙子在一起待了很长时间，所以我每次看到或听到一架时我就想："这些小伙子又击落了一架。"但大部分人不会认识到这个，他们觉得它们就是冲他们而来的，而且没有得到有效的拦截。不过只要想到一座人口一千万的城市也会遭到袭击，任谁都会患上神经衰弱的。还记得我们在古巴满怀希望买下的那些福利彩票，或者是狡猾的推销员硬塞给我们的，抑或是从车窗外扔进来的。反正我们就从没有中过奖。

向晚时分，你会看见乡野小路上的树篱边有许多兔子，你也能看见许多大野兔。它们虽不像我们那里的野兔那么大，但它们也是很好的野兔。在我们进出机场的路上，还能看见一些鹧鸪。我还没有看见一只锦鸡，不过也许是因为我们还没有来到有锦鸡的地方。[手写插入：我现在估计，它们也许只是在孵小鸡。但也或许这里孵小鸡的时节会更早一些。]

鳟鱼溪的水位很低，杂草丛生，因为经过了一个温和的冬天和一个漫长、干燥的春天。美国兵对这条小溪很不友好。这是一条古老的小溪，每条鳟鱼都知道自己的栖身之所，几乎每个渔夫都知道每一条鳟鱼的栖身之所。所以你知道每扔下一颗炸弹会对小溪产生什么样的后果。会炸死鳟鱼，会破坏小溪和食物链。在其中一条叫作凯奈特的小溪里，插着一块牌子，上面写着"有三枚[打字插入：未爆炸的手榴弹]"。要把一枚已经拉开引信还未爆炸的手榴弹扔进溪水里是很难办到的一件事，但那块牌子上就是这么写的。

每一座村庄每一个城镇，都有非常美丽的女郎，格格看到她们一定会激动的。如果你觉得玛德莱娜·卡罗尔是个美女，那我可以向你保证你能在这家旅馆的大堂里见到比她更美的。如果你走在大街上，你就会心碎的。也许是因为我们在哈瓦那待了太长时间，我们觉得每一个天生的金发姑娘都很美，但是如果你回头仔细看一看，你就会发现在这里这个不是幻觉，成百上千的姑娘看上去就像电影杂志里的，只是没有化着浓妆。爸爸也变得激动起来了，所以我特意戴一副打猎的眼镜来取代看书的眼镜，以此确保不是因为眼镜的关系造成了误判。但是确实是真的，她们一个个双腿修长、胸脯坚挺，标致得不行。

她们都是好姑娘，不想让你花太多的钱，因为除了坏蛋谁都没有太多的钱，每一个［手写插入：好姑娘］早晨都去工厂里做工。如果这场战争还要无休止地持续下去，我对此表示怀疑，或者是重新开始，如果我们处理不当的话就会发生这种事，我就建议你们这些男人赶紧把你能搞到的钱都存起来，这样来补充你不管多少的收入，然后不惜任何代价也要来这里，因为到目前为止还没人知道这里是怎样的一个地方。

老鼠，你可以见到所有做飞蝇钓线的高手，另外如果想办法进入有点难进的大英博物馆，多数就能见到各种有趣的东西。格格会找到漂亮的小姑娘，这会让他忘记在基韦斯特的杜瓦尔大街上看见过的漂亮小妞。到时候，我会给你最合理的建议。我先要把这些建议好好整理一下。

农场怎么样了？你有古巴的什么消息吗？我这里的工作相当辛苦，要走上轨道，这样那样的废话，不过只要可能我会尽量回伦敦，因为这里现在很好，而且［长长的删除线］回来也令人愉快。我想念观景庄、我们的猫咪、内格丽塔和瓦克森、可怜悲惨的莱姆、不中用的胡安和他美丽的未婚妻，而且我想今年将是连续第二年错过芒果季节。不过，我们在英国也是有点东西的，为此失去几年在家乡的生活也是值得的，等以后有钱的时候，我们可以来看一看。

把你左肩上的那盏灯开到最亮再看书哦，保护好你的眼睛。脑袋昏沉的时候不要看书。不要看那种字体太小的书。如果哪门教科书字体太小，就放弃掉。真的要好好保护好你的眼睛，因为我自己就没有保护好，所以我知道这对打猎来说意味着什么。战争结束后我们要到欧洲大陆去赚钱，还要进行各种革命，还要去多维尔、蒙特卡洛、圣塞巴斯蒂安打猎，甚至可能去莫斯科，我们会带上［扫描在此中断］

车祸中的作家

致欧内斯特·海明威
1944年6月8日
佛罗里达州基韦斯特

亲爱的爸爸：

自度假以来我已经彻底废掉了。有许多事情可做，但因为懒惰都耽搁了，所以请你原谅我很少写信。

你那封5月25日的信我是直到6月3日才收到的，这显示出我们的通信有多么高效。不过，后来大家都说那场事故并不特别严重，尽管一开始的报道都说情况很糟糕。听到情况没那么糟，我很高兴。为了这事要走三千英里的路实在太吃力了，胡安半路上肯定要去酒吧的。

上校（泰勒）从太阳谷来这里度假了。他住在马塔康贝高地，他说那里有无数的北梭鱼、大海鲢和鲷鱼。实际上，他在桥下钓到三条大海鲢，分量全都超过八十磅。他看上去身体很好，他还期待着在战后重开太阳谷呢。他说他可以在三个月内重建那个地方。格格和我，也许还有汤普逊先生，如果他能放下工作的话，这个礼拜六要去和他一起钓鱼。希望在我们到那里之前，他没有把佛罗里达的鱼都钓光。估计他那个老炸药还在发挥着巨大的威力。

很快会再给你写信的。

非常爱你的

老鼠

爸爸的袖珍版鲁本斯

致帕特里克·海明威

1944 年 9 月 15 日

法国战地

最亲爱的老鼠：

自奥马哈海滩登陆以来，爸爸回到法国差不多有两个月了。估计你已经在《矿工报》上看到这个消息了吧。之后我乘坐英国皇家空军的飞机飞到法国，这个我以前写信告诉过你，此后一直待在一个步兵师里，除了有段时间曾指挥过一支法国游击队（作为临时性的战地通讯员）。这段时间是最精彩的，但我不能写在信里，不过以后一定告诉你。我现在和邦姆比干的是同一行。这是个动听的故事，我们再也不用百无聊赖地度过漫漫冬夜了，我能直讲到你们全都听腻了为止。我们随大部队进入巴黎，解放了游客俱乐部、利兹大酒店等等，真的太爽了。我必须写几篇文章，还要设法发表出去，然后再回步兵师。我们先是去了北边，后来又转向东面，步兵师的任务完成得出色极了，和他们在一起很开心。我们有过艰难岁月，也有过欢乐时光。

自6月的那封信之后就再没有了玛蒂的消息。我去见了她在巴黎的每一个朋友，她原本也可以在那里观赏到激烈精彩的进军和战斗的场面，要不是她那么自命不凡连一周都等不了的话。她原本也许可以参加在托利科的南部登陆的，那样她就有像样的故事可写了。但我对她的自命不凡已经腻味了。我那时脑袋严重受伤、头痛欲裂，但她对我的照顾甚至还不如我们照顾一条狗。我大大地看错了她，要不就是她变了很多，我估计两者都有点吧。不过主要还是后者。我不愿失去一个长得如此可爱、写得一手好文章的人，我们还教会了她射击呢。但是，我和她的关系已经完了，我再也不想看见她。

脑袋已经彻底清醒了。头不疼了（脑壳受伤，等等），体重降至二百零二磅，面黄肌瘦，精神不错，唯一不好的是眼睛里落满了灰尘，我以前写信告诉过你。不过，只要换副眼镜，我的眼睛就没事了。

老鼠，我想你，还有老头和邦姆比，无时无刻不想你们，对于接下来我们的欢乐时光也想了很多。自从这次的任务开始，就再没听到老邦姆比的任何消息了，不过他的上校答应我去打听他的消息，我在利兹也留了言，如果他来可以住我的房间。我们昨天和今天的战斗都非常艰苦，不过这也在意料之中，本来就是这么回事。我在反攻的炮火声中给你写信。我不能在信里详谈，要等到战斗结束。你一定会为我们步兵师的成绩骄傲的，我从没这么开心过，我这辈子也从没这么充实过。我在保存各种战争地图，将来可以放在战争纪念馆里展出。

我想应该给你写写玛蒂的事，这样你就能了解现在的情况了。她在古巴和伦敦的态度令我彻底厌恶，自从离开伦敦后只收到过她的一封来信，信里向我描述了乔克·惠特尼花园的美丽，以及在优雅宁静、没有硝烟的像罗马这样的城市里散步是多么可爱的一件事。也许她还写了别的，我听说乔克是个囚犯 [插入：战犯]。不过，如果我们不好好地动动脑子，不好好地使用老是给我们添乱的那两个蛋蛋，那我们每天都不知道要做几回囚犯。[插入：自从我们开战以来，我就奇怪为什么地狱能够这么长久地开张下去。爱情：舞厅里的香蕉。]

在巴黎我只有两天半的自由时间，只能去看看像西尔维娅·毕奇和毕加索这样的老朋友，还美美地散了两回步。在一家中档的饭店吃一顿午饭，六个人要花上一百块，所以我们一般都是在利兹的房间里用煤气炉做饭。

我在伦敦时的状态真的是他妈的糟糕透顶，不得不仰面朝天平躺着睡，左右两侧都堆满了罐头，所以如果侧身脑袋就会撞到罐头。卡帕的女友平基对我非常好，还有一个叫玛丽·威尔什的姑娘也对我很好。我在巴黎又碰到了她，我们处得很愉快。我想你也会喜欢她的。我给她起了个绰号：爸爸的袖珍版鲁本斯。如果她能再瘦一点，就可以晋级为袖珍版的丁托列托。要知道这是什么意思，你就必须去大都会博物馆看一看。非常好的姑娘。她照顾我〔插入：在迄今为止最糟糕的时期〕。老鼠，我的孩子，如果我们能再坚持两个礼拜，我们就会迎来美好的生活。

此刻，我弄丢了巴宝莉的雨衣。〔插入：昨天一天都在下雨。〕我穿了一件拉链坏了的冲锋衣，用安全别针固定着，穿着一件已穿了很久的衬衫，这两个月里只有两件破衬衫可换，〔这里有插入，然后又把插入划去了〕头疼胸疼同时发作，我们的两翼都遭到了袭击，后方炮火隆隆，前方也一样，敌人在我们的右侧反攻，在我们的左侧正面进攻。我从没觉得这么开心过，除了希望有点滴鼻剂来治治我的头疼。我在喝着某种奇怪的德国杜松子酒，看来明天会是个好天。

你把这封信的内容都说给格格听好吗，他已经够大了，能理解这些了，努力学习，做个好人（你是好人），爱爸爸，知道爸爸也爱你，圣诞节前会在纽约见你，我们一家都将团聚。如果校长问起来，就告诉他爸爸确实出国了，去了国外各个地方。

最爱老鼠的

爸爸

来信请寄:

　　欧内斯特·海明威

　　战地记者站

　　第四步兵师司令部转投

　　纽约邮局转投 APO4

一个吃牛肉的人

致帕特里克·海明威

1944 年 11 月 19 日

法国战地

欧内斯特·海明威

战地记者站

PRD SHREF APO 757

纽约市局转投

最亲爱的老鼠:

　　等你收到此信,就知道写在上面的我的地址了。你再给我一封回信,接下来我就会从纽约去你们学校了。让谢普莱太太为你准备好护照,这样我们就可以一起飞去古巴了。请让妈妈把格格的护照寄过来 [插入:请得到谢普莱太太的许可]。我一旦知道我们到那里的具体日期，就会告诉她的。写信告诉我啥时候有空，我就可以去订泛美航空了。

老鼠，我拜托你了，不管你有多忙，请务必搞定护照以及写信告诉我订什么日期的机票。我知道了日期之后，会给妈妈发一封电报的。

原本希望感恩节回来的，但没有办成。非常遗憾，不然我们肯定能过一个愉快的假期。

不能直接给你发电报，但汉克·高雷尔最近把我的名字放进了他的几部短篇里［插入：如果你在《世界电邮报》或《纽约邮报》上看见］，你就会知道我们这里的情况。我们正在该死地艰苦战斗，老鼠，我希望能快点打败德国部队结束战争，我们这部分结束之前我没法离开。这就是我为什么没回来、也不能事先告诉你的原因。然后，因为我指挥了一支非正规军，我又陷入了一场官司（受到各项指控）。这些指控最终被证明为子虚乌有，因为我不可能指挥非正规军的，不然就违反了《日内瓦公约》。我对部队解释了这个情形，他们仍坚持要我指挥，我再次解释那是不可能的，因为违反了《日内瓦公约》。不过我很愿意提供帮助和［划去：建议］意见，只要［划去：我］［插入：他们］不违反《日内瓦公约》。总之，现在这场风波过去了。

我们过着艰苦的日子，老鼠。非常艰苦。比任何时候都更艰苦。

不过，这一切结束后，我就要放松下来去古巴，把家里清理一下（那些被飓风刮倒的树木），使一切井井有条，然后写作，我必须写作。玛蒂想要留在欧洲。她有机会成为荷兰人（Dutchess）。我是说公爵夫人（Duchess）。我们俩不再吵架了。我一走她就很想回来，可我想要一份稳定的职业，不想孤零零的一个人，不想和老婆一见面就吵，这是另一场战争，一场没有终点的战争。想和我在一起的人就来找我吧，我想成为这个家庭里的作家。因为孩子们必须去上学，我不想孤独地死去，我不想没法工作。老鼠，今天在森林里有猛烈的交火。这座森林和克拉克小径后面的那座差不多大。林木是我见过中最茂盛的。晚上会窜出来许多高大的鹿，被开枪打死。还没看见过野猪。但是有许多野兔、狐狸和鹿。上一次行动是在一个猎场，里面有许多动物的头颅标本。还有许多野鸽。在针叶树中看不到别的什么鸟，这里真的只有那种黑黑的大公鸡，在更高处还有雷鸟。我还没看见过松鸡和山鹑。不过它们听见响声就会吓得飞走。最好的猎物是母牛。在开阔地，我看见一头倒下的母牛，眼睛像老鹰。在地图上标注了它的坐标。第二天我们做了牛里脊。母牛一旦被炮火击中，我的眼睛就离不开它了。把母牛藏在炮火打不到的暗处，然后眼睛一刻也不离开它。不管是我方还是敌方的曳光弹划过，我都会立即观察是否会找到我藏的母牛。今天在进攻刚开始的时候，我们吃了那头可怜的母牛的里脊肉［插入：它在我们住的这幢在炮火中摇摇欲坠的房子的地下室里藏了四天］。我吃了撒着德国生洋葱的五块牛排，就着掺水的白兰地。

然后带着满肚子的幸福感，我走进了森林，勇猛的德国兵正在那里竭尽全力干掉我们。但是，一个吃了牛肉的人是不会输的。

老鼠，我想不出什么好的建议或有益的格言寄给你。

老鼠，原谅我写了这封没啥意思的信。今天是非常忙的一天，在树林里战斗，很抱歉错过了感恩节，不过最近我们似乎把什么都错过了。不过我们会把一切都弥补回来的，还要加上利息，收到这封信后你就去把护照搞定了，然后写信告诉我放假日期。

非常爱你的爸爸

鸭嘴兽

致欧内斯特·海明威
1945年5月17日（16岁）
坎特伯雷学校

亲爱的爸爸：

今天收到来信。非常非常有趣。玛丽来了太好了，一切烦恼都灰飞烟灭了。我希望这里天天下雨的日子可以分一点给你。我在认真考虑 [字迹无法辨认]，从中得到些好处。

学校6月9日礼拜六放假，离今天还有三个礼拜六。现在在很努力地写作文，已经洋洋洒洒写到一千五百字了，是关于基督教道德观的。作文题目还没想好，不过我想《鸭嘴兽》会是个不错的题目。我运用了今年英语老师教给我们的全部知识（除了在拼写方面），我们的英语老师看上去是这样的：[不敢恭维的漫画]他的大强项是"美国语言"(H.L.门肯)、"修辞手法""大众权威"。他最欣赏的比喻句是：她像舞池里的一根柱子那般站着，鹤立鸡群般地站着。

希望你会喜欢玛丽

致帕特里克·海明威

1945年5月26日

古巴观景庄

亲爱的老鼠：

亚特拉帕克钓鱼线送到格莱斯通宾馆的时候，刚巧收到你的电报。附上的短笺也给了格莱斯通，这样他们就能把它交给你了。尽管我担心，短笺也许被打包到行李箱里了。

写信让阿伯克龙比商店把钓具目录寄给你了，这样你就能得到我们在这里需要的所有用具了，用我的账号付款。（顺便说句，我已经结清了欠款。）

情况都在好转，看上去没问题。我睡得很好，不吐血了，胸部和肾脏都好。脑袋也不疼了。看上去今年将是钓鱼的盛年。也许以前写信给你说过。晚上十二点半出来抓到了一条三百零五磅的大马林鱼，一条五十五磅、一条六十磅的刺鲅。那条巨大的大马林鱼是完全按照潮汐表咬钩的。我不得不用轻型的鲣鱼钓具和轻型钓线与它搏斗。玛丽对驾船和钓鱼着了迷，也爱猫咪们和我们的家。所有的猫咪都处得很好。它们只需要食物和关怀。我收到邦姆比的电报，他有六十天的假期，希望两周后来这里，他说他都等不及了。所以我们就要和这个杀德国鬼子的老手在一起了。

希望你会喜欢玛丽。格雷戈里奥迷上了她，唐安德烈斯和酷酷都非常喜欢她。有你喜欢的人，而不是孤独的死亡陪伴在你身边当然是一件赏心乐事。她在努力学习西班牙语，为了帮助我工作，这样她就能成为一个作家，而不是管家。

最近没有打猎，因为阿尔法利托没有钱。我想还是等你们一起来比较好。我厌倦了一个人打猎，周围全都是山里人。有我们一伙在就没事了，等你和老头过来，我们就可以好好地教训教训他们了。

你经过纽约的时候，如果在斯库里布纳看到什么好书，就寄过来好了。

卡普哈特唱得真不错，有不少好唱片。等你过来，我们再买一张。如果你在纽约有时间，希望你能买到玛琳·迪特里希的好唱片。我们那张德国的老唱片已经相当破损了。

我把你的两张照片装框了，效果很好。

老鼠，请仔细看完这封信，把需要的东西列一份清单。我知道如果你在纽约没时间，就办不成了。不过，你可以通过目录订购钓具。

学校啥时候放呢？还没有任何人给我确切消息。

再见了，老鼠。不久就能见面了。

非常爱你的

爸爸

你需要的绘画工具都买下来吧。不过，我想你在这里更容易搞到所有的一切。

滚烫的香槟酒瓶

致欧内斯特·海明威

1945 年 9 月 21 日

坎特伯雷学校

亲爱的爸爸：

回来多好啊。在纽约的最后几天也同样好极了。戈尔丁的比赛有点令人失望。乔伊斯看上去很像用快拳猛揍巴克菲尔德的加法兰，用他著名的右勾拳反击，这种打法让我联想到吉列的剃须刀广告，打到第六回合巴克菲尔德的经纪人不让他出场，声称他在第一回合右手就受伤了。不过也伤不到哪儿去，因为他仅仅像菲力克斯那样使用右手。乔伊斯是个很棒的拳手。

我离开观景庄的时候身体肯定特棒。开头两天的训练根本是小菜一碟，只是做点拦截的假动作、柔软体操、擒抱练习。我在第二组，但估计在那里待不了多久，因为体重太轻，太没经验。接住橄榄球，就像接住一只滚烫的香槟酒瓶。反正，我从未见过像我这样的。

小说写好后请寄给我们看看。我们俩现在都没书可看，除了《平面三角学》。

格格很快就会写信的，但开始几周的功课他有点吃力。

问候所有的男孩，拉纳姆一家来的时候也请代为问好。

非常爱你的

老鼠

回到三年级组

致欧内斯特·海明威

1945 年 10 月 15 日

坎特伯雷学校

亲爱的爸爸：

很高兴听到你的短篇小说进展得那么顺利。一完成就请寄一本给我们，如果你有好多本的话。

很抱歉我信写得不勤。时间在这儿过得飞快，于是我就想到被判无期徒刑也不见得就是个糟糕的命运。

说到"时间"，我今天收到一份有机器打字签名的通知，告诉我在《时代》①杂志的新订阅者名单里我的"排名在75",我简直飘飘然了。

我重回三年级橄榄球队了。在学校代表队里仅待了两周。代表队的平均体重大约在一百七十九磅,所以回到轻量级的队伍里我是很松了一口气的(海明威气质,出色的运动员)。

我打前卫,在中线前方活动,我这辈子都没看见过那么多肮脏的草。

今年功课不太好,不过我想接下来会有所改观的。

玛丽掌握了西班牙语,太好了。我今年有大量的法语课。大部分是阅读。我们现在在读一本叫《葛朗台先生》的书。他就像诺伯戈·汤普逊。

三年级组今天打头阵。中场结束时我们以28比0领先伍斯特队。全场结束时是61比0。我退出后结尾时的情形我记不得了,不过,当然也不会有多精彩的。

非常爱你的
老鼠

---

① 时代和时间在英文里都是 time 一词。

恐怕这是本小说

致帕特里克·海明威

1945 年 10 月 24 日

古巴观景庄

亲爱的老鼠：

谢谢 10 月 15 日的来信，我在昨晚收到了。短篇（恐怕这是本长篇）现在已经超过七十页了。感觉会是本好小说。反正写得很有劲。开始于庇米尼，多数会结束于地狱。连我自己都不知道，谁会知道呢。

这里已变得十分美丽，你简直无法相信。天气就像最可爱的小阳春，清凉、晴朗、舒适。再过十天这个飓风月就将结束了。

没有狼人的消息。猎鸭季在纽约将一直持续至 12 月 31 日。

写得那么顺利，感觉即便去过感恩节也不会中止写作。不过，谁知道到时会怎样呢？

玛丽打猎打得很顺手。她很喜欢，也会独自去俱乐部练习射击。

订了一些好听的新唱片。池塘里的小鱼现在已经长大到可以看清斑纹了，我写信告诉过你吗？池底下的东西它们什么都吃，也吃旁边的水藻，池水如此清澈，宛如透明的喷泉。也许是因为天气凉爽，但我想鱼儿多少也有点关系的。

听上去三年级组是支魔鬼的队伍。61比0的成绩很合我的胃口。你知道吗，我们曾经以111比0打败了伊万斯通。了不起的橡树园教练祖普克，就是去伊利诺伊培养了雷德·格朗奇等人的那个教练，来这里拜访肯德里根先生，要在这里待一整个冬天。他今年六十六，据说还带了一个很漂亮的红头发的管家。希望她能把家管好。我想让你在圣诞节会会他。历史性的伟人。他担任了不起的橡树园球队的教练，在全国各地参加比赛，在季节赛上得分415比7（不是钱买来的），有七名球员在大学时期就参加了全美联赛。别相信人家对你说什么从来就没有黄金时代的那一套，那时巴特·麦康伯①的老头子们就穿着长长的皮大衣去看每一场比赛，兜里揣着千元大钞和别人赌球。

现在必须搁笔了

非常爱你和格格。

爸爸

---

① 美国著名的橄榄球运动员，同海明威是橡树园中学的校友。

出色的年度计划

致帕特里克·海明威
1946年1月9日
古巴观景庄

WU7 INTL= 哈瓦那 128 9 NFT=

NLT 帕特里克·海明威 =

康涅狄格州新米尔福德坎特伯雷学校 =

如你想继续你希望有效开展的学业逗号相信进入蒙大拿大学至少是个出色的年度计划因为普林斯顿和哈佛都已挤满了返校的学生就像给你弟弟信上写的句号如你觉得在那儿学习更有效以后可以转学普林斯顿或哈佛句号你以后很可能想上美国或海外的艺术院校句号希望你能受到最好的教育句号不相信你的教育需要赶紧结束相信东部的学院将必要且不可避免地提供大众教育为了

[电报在此结束,书写部分继续]

那些需要 [插入:在接下来的两年里] 在那些学校里取得 [划去:名分] 学位毕业的学生句号我们大家都非常爱你和格格句号邦姆比3月份去蒙大拿

爸爸

发报人：欧内斯特·海明威

安伯斯·门托斯旅馆

古巴哈瓦那

三座山峰

致欧内斯特·海明威

1946 年 1 月 13 日

坎特伯雷学校

亲爱的爸爸和玛丽：

学校里的事我给你们发了电报，不过因为西部联合电信公司在纽约闹罢工，你们可能比电报先收到这封信。问题是这样的：除非有哪所大学接受我，无论哪所，不然我就没法从这个山洞里毕业。

这并不是说我一离开这里就必须去那里，也不是说我一定要申请 1946 年的秋季班。也可以是 1947 年秋季班。但我必须写申请。如果我申请蒙大拿 1946 或 1947 年的秋季班，或西部别的好学校，比如亚利桑那（据说那里非常好），或者东部学校的 1946 年的秋季班，比如哈佛、普林斯顿、安姆赫斯特、圣琼斯（在安纳波利斯），你觉得好吗？我的想法只是尝试性的，随时可以放弃或改变。

请写信告诉我你的意见，在你方便的时间里越快越好（?)，我会听你的。我本打算至少在放春假之前不去想这事，但那个混蛋说这样是不行的，如果我要明年上大学的话，他说得没错。反正，把你的意见写信告诉我。

我们来这里的一路上运气实在是真（我可以说那个词吗？）太好了。每次返校都是这样的。我们大约在两点半抵达迈阿密。在尝试了四五家旅馆后，我们最终搞到了一个十块钱的房间，在一个叫什么"三座山峰"之类的不知名的地方，安顿下来好好地睡上三个小时，因为我们必须在七点半赶到火车站，为了在"冠军"号上抢个好铺位。格格去了售票处，我就假装是他的智障哥哥，装这个我都不需要努力的。售票员同情我们，就给了我们下铺的票。于是我们成功地上了车，有一群在奥兰治碗[①]里不成功地代表着圣十字队的孩子和我们一同上车。不过，他们似乎对我们没啥兴趣。一切都很顺利，直至我们的下铺终结在华盛顿。从华盛顿到纽约我们被夹在一个水手和一个有钱的女黑人之间，那个水手以前属于某个恶名卓著的帮派组织，一路上不停地从装着各种不同老酒的小酒瓶里喝酒，成功地把自己给灌醉了。

我们到达纽约的当天下午，格格就回学校去了。我们尝试联系谢夫林和狼人，但一个都没联系上。

现在学习非常吃力，两周后就要考试了，但是天气相当温和，尽管正刮着大风。

我们来这儿的车票没有花掉七十五块，只花了四十块。这

---

① 美国大学的系列橄榄球对抗赛（碗赛）之一。

在我看来已经是很大一笔钱了,但我保证我们不会大手大脚的。我把剩下的三十五块放在这封信里。想到钱,你看到《一个在古巴的博物学家》的作者[①]和安妮阿姨都在上周去世了吗?

我和格格的春假是从 3 月 11 日放到 4 月 3 日,正好二十四天,我们先去古巴。

如果我的室友查尔斯·克拉克要和我一起来过春假,你觉得可以吗?他是个好人,聪明,喜欢打猎和钓鱼(他和我一起去了加德纳岛),他不会乱吵乱闹的,他很有礼貌。

格格也想写信。

非常爱你的

老鼠

坏名声的旅馆

致帕特里克·海明威
1946 年 1 月 21 日
古巴观景庄

亲爱的老鼠:

谢谢你精彩的来信。相信你提到的那家旅馆是一家坏名声

[①] 美国博物学家托马斯·巴伯(1884—1946)。

的旅馆,不过那样倒使得故事更有趣了。

随信附上电报的副本和发送电报的收据,万一你需要什么证明的话。想起那个博士曾怀疑我是不是真的去打仗了。

希望这样就解决了你学校的问题。东部的那些学校真的是人太多了,不相信在接下来的两到三年的时间里会有人在那里受到良好的教育。[插入:他们将不得不批量生产出学位获得者。]我觉得花一年学习绘画或一年专门绘画将对你产生难以估量的价值,如果你想成为一个博物学家的话,话又说回来,如果你想和邦姆比一起去蒙大拿,那也可以。在你学期结束的时候,他会得到蒙大拿的很好的资讯,因为他在3月里就要去那儿了。

他很好,他会给你写信的。迪克和马乔里也在这里,[插入:她]对一个人只祝福一次。爸爸很好。不喝酒,拼命工作。这里现在变得美极了,长着茂密的酸橙树的院子和花园都可爱至极。天气也很好。尽管有那么多房子,房子里有那么多房间,还是去船上写作了二十天,工作很顺利。

在过了两个多月的幸福快乐的日子之后,玛丽突然不开心了,因为我们不太接触外人、接触朋友,我们不去参加邦姆比参加的那种欢乐派对,也不去参加舞会。我一直在努力工作,所以我们也不去旅行什么的。我希望她对所有的事情都能快乐起来,因为我那么爱她,我希望她幸福。我知道她在家务和事业方面有多操劳。因为她的不开心来得那么突然,所以它或许也会在突然之间消失。但愿如此。反正,别在你的信里提这件事。

非常感谢你把电影还回来了。邦姆比很受感动。在那封信后,他和我准备把你推举为"年度人物"。

非常爱格格。今天收到了他在万圣节后写的信。很快会给他写回信的。邦姆比和默克尔在打鸽子的比赛中赢得了四十只鸽子。他现在打得很准。

必须搁笔了,因为胡安要进城去。所有的猫咪都很好。肖普斯得了感冒或肺炎,病得很重,但我们治好了它,它现在没事了。我们大家都很爱你。爸爸。玛丽也问候你和格格。还有邦姆比先生。

贾斯托因为拔枪被解雇了

致帕特里克·海明威
1946 年 4 月 13 日
古巴观景庄

亲爱的老鼠和格格:

我觉得妈妈说得完全正确,先南下再北上去皮戈特确实是一个漫长的旅程。这么长时间没有同伴确实很孤独。一直非常想念你们。

请写信告诉我一件事,那样我就可以写信告诉妈妈我为草原篷车行动设想的计划。

你的回复将受到最严格的保密,没人会转述。

妈妈开车的技术有多好?她最远开到过哪里?她进过几次

城？她要开多长距离？我有点担心这次旅行，就像所有的鸡蛋都放在了一辆车里，而路面上又有那么多破轮胎的坏车。如果妈妈没有足够的开车经验来确保这趟旅途的安全，我想写信建议她无论如何雇布鲁斯去把邦姆比接来这里，如果他的学校放假了的话。

你谈到要拿驾照。不知道你会开车。驾照一般意味着一个人的驾驶能力得到了认可。说句实话，这是一趟又长又苦的旅程，曾经经历过的每一次越野旅行几乎都是这样的，要不是有一个好司机，不好的事情就有可能发生，它也许来自别人（疯子）或坏车，或许会发生连续撞车三次，但记住有好几次是凭借着经验和本能避免了恶性事故，对年轻人来说开长途车需要有良好的反应能力，来避免做出错误的判断。所以请马上来信告诉我。因为我想写信给妈妈给她各种各样的建议，而如果她能成为一个理智、安全的长途驾驶员的话，我就不想给她建议了。

我也想知道你能否通过6月的考试，以及写信去问邦姆比的日程，因为如果学期已经结束再去学校拜访的话就是多此一举了。从皮戈特到堪萨斯城的旅途可以非常迷人，只要不经过圣路易斯什么的。

本地新闻是贾斯托因为在午饭时对着一个中国人拔了枪而遭到了解雇。是我的枪。是他跑到玛丽的房间里去拿的，他还装上了子弹，打开了安全销。他当时非常激动，不肯把枪还给我。所以不得不从他手里夺下来。非常舒服。想想贾斯托受到了越来越多的愚蠢的攻击，因为他早期的啰音没有得到合适的治疗。我会照顾他让他得到良好的治疗，但他不能在这里工作了，因为他成了这么戏剧性的人物。推测他是个傻瓜是合理的，因为事情发生的时候，他已经吃了六块猪排当早饭，然后又在大吃葡萄柚。被东方人批评后，他把手放进口袋里，在口袋里瞄准斜眼瞪着他的对手，就像电影里的动作。然后张农民抓起一把大刀，走到亮处。有人发出了惊呼（我们正在吃点心）。贾斯托飞奔出餐厅，去旁边的卧室里拿那支枪。然后带着枪回来了。他拒绝还枪，因为干掉这个在地下室里藏着大量食品的斜白眼是他的神圣责任。他被缴了枪。人家温和地劝他，让他平静后就回来。他眼泪鼻涕地回来了。我克制住自己的火气，拿出工资单，告诉他即便是乔治·华盛顿做出那种事也是不被允许的，哪怕他是出于对国父的爱与尊敬而做下了这件事。现在训练瑞恩和菲戈。干得不错。贾斯托希望我能在大使馆为他找份工作。也许是中美关系的顾问吧。

收到罗杰斯先生的一封好信，太阳谷要到冬天才开张，不过他肯定我们会出来的，而我能肯定他一定会为我们想出办法来的，到时肯定会很有趣，我们会想出办法来的。爸爸向你们保证。

非常感谢查理给我和玛丽的来信。

希望一切都顺利，我知道你学得非常辛苦，我也不想要求你给我写信，但我在这封写得乱七八糟的信里写到的所有问题都希望得到答复。也让格格给我写信，因为不写信是一种坏习惯。一旦他养成这种习惯，我就听不到他的任何消息了。

[从这里开始下文变为手书。]

玛丽爱你。还有爸爸。爸爸也爱你。

上周大约写了四千字。现在正进入一个有趣的部分。

为有这么聪明的孩子而感到骄傲

致帕特里克·海明威
1946年5月16日
古巴观景庄

亲爱的老鼠和格格：

很高兴收到老鼠的来信，我会处理包的事情。只找到一只包，现在让玛丽在找，在此信的末尾会告诉你消息。

又订了许多书，为了建立起知识的储备。蒙特卡洛的俄罗斯芭蕾舞团本周在这里。玛丽和我礼拜二去了（非常好）。她昨晚和乔伊去了，我们礼拜五要再去。写作进展顺利。已经超过七百页了。周日、周一、周二、周三都在写，今天早晨停下来给你和邦姆比写信，然后还要去发一些必要的电报。信件得不到回复已经达到了绝妙的瓶颈状态。这个夏天，等你不上学了，我们一定要保持紧密联系，这样就不会觉得夏天太无聊了。希望格格也写信。自从去了坎特伯雷学校就再没收到过他的信，我觉得。这就知道了学校简直是一个魔鬼的地方。但养成不写信的习惯是个坏习惯，因为学校把你的大部分时间都占去了，而且老妈很少能和你们见面。

祝你期末考好运。地图是个好主意。画地图也是。亲吻一词的不同形式令我困惑。感觉像个意大利老太,为有会读书写字的这么聪明的孩子们而感到骄傲。每天我都尽量在书里多加一点语法,这样我的孩子们就不会嘲笑我了。他们嘲笑他,直到他用印地语和侍者说话。

休谟博士希望我来对毕业班做一个关于战时的精神生活的演讲吗?

再见了,公民们。妈妈计划啥时候从基韦斯特去皮戈特呢?需要寄衣服。

非常爱你们两个。

玛丽也很爱你们。

爸爸

妈妈走了。写信告诉他①学校什么时候放假,他是否会开车,他对妈妈的驾驶技术的评价。这真令人沮丧。给你写信的同一天也写信给他。他拿起笔来唯一会做的事似乎就是签支票。只有在收到签好字的支票的时候我才会知道他收到信了,不管我给他写的信的内容有多么紧急。我真是受够了。

---

① 指邦姆比。

我期待你们仨的来信

致帕特里克·海明威

1946 年 6 月 21 日

古巴观景庄

观景庄

古巴圣弗朗西斯科·德帕拉

亲爱的老鼠：

请注意给收银台打电话，你一定会的。

我知道你有很多毕业后的安排：去皮戈特旅行；征兵在即；拜访杰妮阿姨等等。这些我都理解，而且我自己也不是一个很会写信的人。但我们多少都属于同一种类型的写信人，到了关键时刻都会认真对待，回忆起幸福的事都会觉得幸福。

我已经在信件里对邦姆比说过多次了。但是几乎都没什么效果。他从没回答我包裹的事（在纽约），很多是我的。为这事给他写了三封信。3 月后他就再没有给妈妈写过信。（她刚给我发了电报。）接下来的三周我没有地址可以给你们，如果发生什么事的话。

我给你的学校写信，请把你的所有消息都告诉我，请保持紧密联系。自从知晓了你已找到睡袋后，就再没有收到任何消息。也不知道你和格格最近怎么样，学习成绩如何，啥也不知道。

今天收到格格的来信，里面有七个错别字，信里说到7月15日你就会有一个在好莱坞的住所，说你们很快就会离开，对各种可能性都做了一个很好的总结。你们什么时候有空了还是没说，对我安排旅行上需要的信息还是啥也没有。

很有可能会收到你的来信，得到一些旅行条件和你的计划方面的消息（珍贵的消息）。原本希望已经得到了消息，可以安排我自己的计划了。可是该死的啥消息也没有。这真叫人抓狂。

对这件事必须要采取什么措施了。很显然，邦姆比只会遵守军事纪律（在他服役期间），而你和格格只遵守学校和教会的规矩。所以看来必须要有什么规矩才行。[手写插入：会有规矩的]

我希望在全年里每个月的1号和15号能收到你、格格和邦姆比的来信。这些信不应该是敷衍了事的，不应该是诉苦的，也不应该是强迫的，应该是你们尽全力写出来的好信，以每个月写两封的频次。这样一年总共就有二十四封信。

不管什么理由，除非你们病了，如果我还是收不到你们的来信，我会立即采取进一步措施，具体什么措施会在下一封信里说明。我期待你们仨在收到这封信后会在每个月的1号和15号给我写信，请把这封信转给邦姆比和格格，让他们签名。最后一个签完字后把这封信回寄给我。

我对这件事真的是非常严肃的，我亲爱的至亲至爱的好老鼠兄弟，即便是粉身碎骨我也要把这件事进行到底的。格格和邦姆比对保持联系这件事简直懒惰至极，而你也受到了他们的影响。

非常爱你的爸爸

[……]

6月30日

从没听说你使用怎样的钓竿或者关于钓具的任何消息。如果我的钓竿要修，你的要不要一起呢，还是怎样？

我知道这样很傻，但因为你们的状况和我把所有的鸡蛋都放在了一个篮子里，我对这次旅行真的担心死了。半夜里担心得睡不着，想着明天早晨肯定会收到来信。早晨没信。想着那晚上肯定会收到来信。晚上也没信。你已经走了十三天了，连张明信片都没有。觉得我们四个人都很粗心，或者都很缺乏想象力。拼命地投入工作。埋头苦干，但担心依旧，犹如身负重担。

你大概还记得这两年里出过的错，每个错误都不是谁的责任，那就是让我担心的地方。不相信这会使我胆怯，就像毕将军。但是如果他把整整三个军团都安排出去，然后又听不到任何消息，得不到任何他需要的行动展开的消息，相信即便是吃了败仗的将军也一定会得到谅解的。

尽管没有写信给你，邦姆比和妈妈也非常担心这趟旅行，所以请保持联系。

这本书已写了大约九百页。不知道确切的页数，因为有太多的插入页。

请在来信里写明你必须离开太阳谷的确切日期（或者你啥时候必须到大学里），这样我就能做出安排了。也请来信告诉我在这封信里提到的所有事情，以及没有告诉过我的任何消息。

写信这个问题真的需要有所改观了，只要你有点良心就会明白这个道理。

希望你有一个精彩的旅行。请来信告诉我对我们都有用的所有消息。

玛丽非常爱你。

大家都非常爱你。

爸爸

6月21日的信（附上）生效了。你们也可以在每个月的第一个和第三个周日给我写信，不一定非要1号和15号，如果这样更方便的话，这样也可以和做礼拜相结合。不过，每个人每个月必须要写两封信哦。所以要学着喜欢写信，说不定到最后你们这帮年轻人写信的本事能超过德塞维涅夫人[①]呢。

[①] 德塞维涅夫人是17世纪法国著名的书简作家，所著《书简集》被视为法国古典主义散文瑰宝。

对旅行的绝妙描述

致帕特里克·海明威

1946 年 7 月 23 日

古巴观景庄

观景庄

古巴圣弗朗西斯科·德帕拉

亲爱的孩子们：

感谢你们对旅行做了绝妙描述的来信以及生日的贺电。

生日那天出去钓鱼了，一条没钓着，不过吃得很好，还游了泳，晚上还在家里吃了生日蛋糕。凭老经验觉得 21 号可能会有机会钓到大鱼，但大鱼并没有出现，因为水流不足。布鲁斯今天早上来了，罗贝尔托·希莱拉（冠军）和罗杰·汤森特（一名 P*63 战斗机驾驶员，去年来过这里）来这里钓鱼（啥也没钓到）。玛丽为我庆祝生日。没有在俱乐部里开派对，因为菲力克斯在度假，那天是礼拜天，唐安德烈斯不得不在墨西哥照看伊格莱西亚、帕奇、朱利安和吉勒莫。收到猫薄荷的好礼，玛丽送来一条游泳裤和瓶装或罐装的坚果（很新鲜），以及一些很好的鱼子酱，酷酷和碧波·考利送了一箱葡萄酒，帕特·加拉雷塔也送来一箱。就这么度过了美好愉快的一天。还收到巴克·朗汉将军①寄来的一封长达十二页的单倍行距的信。我觉得今年秋天他会过来打猎的。

在太阳谷的将军做了如下的约定。

罗杰斯先生昨天发来电报说太阳谷还没开张,不过他正在凯彻姆找房子(他期待我们从1号到15号能过去住)。他肯定很快就能找到房子的。我今天给他电报,告诉他21号肯定会去住,如果能提前我会再给他电报的。

所以情况是像这样的:

三个礼拜以来一直被想和你们在8月份团聚的不可抗力折磨得气急败坏。写作受挫,拼命努力也只能推进那么一点点。厌倦了被困在这里,现在就想离开。尽管工作会顺利起来。

你们可以和妈妈一直待到去太阳谷之前(原则上8月21日是到达太阳谷的最晚日期),或者我也可以资助你们和邦姆比一起去钓鱼,如果邦姆比想和你们一起去的话。我不想强迫他做什么,因为他似乎在旅途中表现得非常出色,还带你们钓鱼。或许格格想和妈妈待在一起,老鼠想和邦姆比钓鱼。我不知道妈妈的计划,也不想打乱他们。所以请你们理解我的态度,我只是在施展海明威家的能力,再加上必要的善良。

你们互相之间好好商量一下,和妈妈一起决定好最佳方案,然后写信告诉我:

A. 你们准备怎么做。

---

① 即查尔斯·T. 朗汉(1902—1978),出身于西点军校,是海明威最喜欢的朋友之一,也是他心目中的二战英雄形象。

B. 如果你们要去旅行，告诉我需要多少钱，我寄给你们。

C. 给我三个在 8 月 1 日到 21 日之间可以联系到你们的地址。如果到时候你们在太阳谷地区，我的信将由爱达荷太阳谷的帕比·阿诺德转交给你们。

D. 8 月 21 日出现在凯彻姆（和帕比·阿诺德联系）。

钱不多，但能资助和上次从皮戈特到东海岸的旅途差不多相同比例的钱。如果你们能节省点，会有所帮助。不过，我能资助这点的。

附上一张一百五十美元的支票给邦姆比（之前已经把他欠妈妈的以及老鼠和格格从皮戈特过来的旅途费用给了妈妈）。这张支票是为了万一邦姆比要走，而你们决定不和他一起走，这样他就不会被困在原地了。

希望你们去斯林姆那里，和库伯夫妇保持联系。如果你们不去他那里，斯林姆会难过的。他们那个地方很好的。

从洛杉矶寄航空信来现在只要两天时间就能到了。所以，信收到后请给我来信。只要你们决心好好写，你们就都能写出很棒的信来。很棒。爸爸很满意。请保持下去。收到了本地的一家著名的胶水厂（在俱乐部和卢亚诺之间）给你们的东西。

从老鼠的信里完全看不出他使用的是我的哪一根钓竿。请写具体。老鼠的消息丰富多彩，但是有些晦涩。

请拿一支铅笔，给这封信里所有的问题打上 1、2、3、4 的记号，然后逐一作出回答。抱歉我说得那么无聊，但是在现在这种没有消息的情况下（在这里）遭受旅途的劳顿，而且写作也进展得那么吃力。

我真想好好地钓钓鱼。1939年后就再没有钓过鳟鱼了。谁要是给我去哪里能钓到鳟鱼的合理建议，我都会高兴的。尤其是，也许我们能钓到大鱼。听上去太好了。真想去水晶溪钓真正的大虹鳟和鲦鱼，邦姆比肯定也想去的。

我要是知道那个上校的名字就好了，我知道在塔尔基凡是钓鱼能手都和他有关系。我还想好好地射击，因为除了在俱乐部里悲惨地打了八只鸟以外就啥也没打过了。我也许活不了多久了，就让我好好地死吧。（通常的说法是：可怜的老爸。他活不了多久了。谁去把他的早餐端过来吧。）

非常爱你们，请多多写信。我们可以按照写作水平（幽默程度、拼写、可读性、准确率）来评选出年度最佳信件。我们可以设立一个德塞维涅夫人奖。

好了，我等着你们的来信。

爱你们的
爸爸

玛丽问候你们。她在游泳。

保持紧密联系

致帕特里克·海明威
1946 年 7 月 29 日
古巴观景庄

亲爱的老鼠：

很有可能接下来我会收到你一封写得很好的来信，那样我就会为不得不寄出这封信感到万分的抱歉。但是请你好好想一想。我特意让你要保持紧密联系，而且把我为什么担心的理由也告诉了你。

自从那封关于睡袋的信之后，就再没有收到你的来信了。

不知道你和格格还有邦姆比的成绩如何。

没有办法联系上你们。

不知道你们学校的计划安排。

不知道你和格格的暑假日期。

有邦姆比的重要邮件，需要马上转交给他，直到 7 月 15 日都没有他的确切地址。与此同时，他即将失去他所有的行李（其中也有很多是我的）。

没有收到能够帮助我制订旅行计划的消息，由于没有得到我转给他的正式邮件的答复，我只得和罗杰斯先生做安排了，除非他现在马上回复。

FINCA VIGIA, SAN FRANCISCO DE PAULA, CUBA

September 4 1957

Dear Mouse :

Thanks very much for the ~~wonderful~~ splendid, interesting letter you wrote from Spain. The Buho shooting must have been wonderful. All that is so much better value than the matan mas of the driven birds ; although that is good to do sometimes for the practice in taking those partridges that pour over you flying contours down the draws and the fine high ones you get occasionally. Will send some pictures of some of that. I wish you could give me Amadeo's address so I could go out with him if you did not mind.

The hares I thought were very easy. You just swing well with them and since they had no importance as hares to an ex bitzky man they would spin over like Bitzkis. A lot of them come at the start and toward the end of partridge drives. Did not miss one.

Gig turned up in pretty confused state at Key West. He wanted treatment and is getting it at Miami. I talked with his doctor again yesterday and he said he was coming along very well and had marked improvement after the first treatment. Am handling his hospital and Dr. bills and treatments etc.

He wanted you to send him any money Uncle Karl had sent him to him care of J.B Sullivan 1420 Von Phister Street ,Key West ,Florida . He was staying with Mr. Sully in K.W.

I suppose you know about his trips back to Boston then Back to Africa .Then back to K.W. I don't want to bother you with any of this .But if you know anything about his true finances I would appreciate it . He did not pay back any of the money I staked him to go back to Africa the first time after he came out of the Army nor the money loaned him to get a lawyer etc. Am staking him on everything at present and it is very expensive . But it is what he wanted and finally he has something that seems to be doing him good . He was out fishing day before yesterday but has a month more at least of hospital . He owed for room + board before Dr. and

His last word was that he wants to go back to Africa. I know he should be there to collect the money he has coming in March but it might be a good idea for him to have a job in Miami or K.W. in the meantime ~~when~~ he comes out to Africa. He did not seem to me to be in shape to go on with his medical studies. Am going on the theory the thing is for him to get in as good shape as possible before he does anything and not simply fly back and forth away from his anxieties. His confusion was considerable.

His stories varied. If you have had a notice from Rice about the Key West property enclosed is a copy of the part pertaining to the property of a letter I just wrote him . It is self explanatory . Gregory , while he was in K.W. waiting for his army discharge reduced rents for tenants etc.

But it wasn't helpful. I am sending you check for $450. of the amount returned me for payments of taxes etc. I made so that you will receive something from the property and it won't seem as though fathers are gypping childrens. I spent much much more than that and gladly and hoped it would show a good profit. If you don't want to have it as from the property please take it with love as a present to you and Henny.

This is has been a bad luck year Mouse and please forgive me for not writing . I did not want to bother you with my bad lucks and figured you had more or less the gen on Gig. probably much more than I had altho I wrote what gen I thought you needed. Didn't hear so figured you preferred not to

第三章　青年时期

帕特里克的大学之路不是一条直线：在高中和大学之间有一年的间隔期，在这一年里他治愈了头部的伤口。他去了斯坦福大学，在那里度过了开心的两年。不过，他改变了从事生物学的想法，决定重回课堂，于是转学到了哈佛大学，并在那里毕了业。1950年，他娶了来自巴尔的摩的亨丽埃塔（"亨妮"）·布罗伊斯小姐为妻。

大学毕业后的那段时期，帕特里克在各种地方尝试了各种事情，最后才找到了一个令他觉得舒适和充实的位置。首先，帕特里克去了西班牙学习绘画，不过由于他母亲突然间的意外死亡，这段绘画经历也就草草地收了场。

之后，帕特里克住在基韦斯特整理一些家庭事务，在那段时间他发现自己不想住在基韦斯特。

帕特里克从基韦斯特去了阿肯色州的皮戈特，去尝试他母亲那一支的家族事业——农业。他决定坚持农耕，不过要在非洲做。之后，他又决定要把自己的爱好变成一种职业，成为一名专业的狩猎向导。帕特里克进入这一领域的时候，却正是这一行即将消亡的时刻，于是他最终把自己的关注点从狩猎转移到了在姆韦卡①的非洲野生动物管理学院从事野生动物的保护工作。

---

① 刚果地名。

放射实验室

致欧内斯特·海明威
1948年4月12日
加利福尼亚州斯坦福大学

亲爱的爸爸：

自从我上次去信以来时间过得多快啊，嘻嘻。春季学期已经过了两周了，学校6月9日放假。假期非常短，只有八天，我要在圣弗朗西斯科和伯克利度过。这三个月里大家一直在抱怨干旱的天气、限电措施、草坪没法浇水，等等。我离开的那个礼拜五开始下雨了，一直下到开学注册日。我去看了加利福尼亚大学。多么雄伟的钢筋混凝土建筑。所有的建筑看上去都像基韦斯特的邮政局。印象最深刻的是放射实验室。尽管不允许进去参观，就像圣墓大教堂什么的令人甚为感动。见到了帕克，她看上去非常健康，精神很好。前一天还和菲利普·齐一起吃了午饭。直到她告诉我，我都不知道他也住在那儿。我现在有了他的家庭地址，希望下周末与他会面。

本周另一件大事就是参加了两天的才能测试，发现了自己隐藏的才能。这项测试是哈佛大学里的一个叫做"人类工程学"的组织在几年前发起的，其目的是收集特定职业里的各式各样的人的统计数据，来试图测定在这些职业里取得成功的才能模式。听上去有点冷血，他们说不是天才也能申请参加（这样我就放心了），不过看到那些医生、律师、商业主管什么的才能也跟普通人没啥区别还是很有趣的。总之，我参加了测试，结果出来适合我的职业是外交官或出版社编辑：视觉想象力缺乏，设计能力一般，计算能力低下，客观型人格，没有音乐才能，高度的推理能力，词汇量丰富（这是我唯一的强项。我比新闻记者的平均分高20分，比大学教授的平均分高10分，所以如果你啥时候不知道用啥词好……）

这学期我的课程非常好。比较脊椎动物解剖学，要解剖狗鲨和猫。下周我就要解剖猫了。一只大桶里大约装了五十只猫，浸在福尔马林里，你选一只自己看中的。两个人解剖一只动物，所以我很仔细地观察到和我一起解剖狗鲨的那个伙计手指非常灵巧。英语还是和以前差不多，每周交一篇作文，上课时拼命抵制瞌睡。我的指导老师名叫福特先生，我相信他是个神仙，尽管我没有任何证据。他用一种郁闷的方式开始给我们授课。"是的，你们中的一些人在刚开始的时候也许学得很好，但到最后会偃旗息鼓。你们知道伊卡鲁斯的故事吧……"正说到这儿，有个人故意想引他跑题，好让他忘记给我们布置作业，就说他从没听说过伊卡鲁斯。这招奏效了，从此以后他算认识了我们。对我而言历史是最有趣的一门课程，我现在在做独立研究，完成常规的任务，但不需要去上课，选择一个相关的主题在外面自己研究，每两周返校一次上交一篇书面的报告。本周研究无政府主义。刚写完一篇《我们的苦逼总统威廉·麦金莱[①]传》，还有一篇《对刺客进行审讯、处

[①] 威廉·麦金莱（1843—1901），美国第25任总统（1897—1901），1901年9月被无政府主义者刺杀去世，是美国立国后被刺身亡的第三位总统。

决、验尸的记录》。我现在正在读关于法国无政府主义者的书。

计划的问题有点让我伤脑筋,不过我今年夏天打算去欧洲。你赞成我的想法吗?去勒阿弗尔的单程票要一百五十五美元。坐船去,一艘破旧的运兵船,6月15日从纽约港出发,大约花九天时间渡过大西洋。到那里后做些什么我还没有具体的想法,但我肯定会有事情做的。杰妮阿姨在托利诺,也许我还可以去意大利。我不想说任何具体的内容,因为我打字打得累死了,但我很想知道你对我的这个想法的看法。

爱玛丽、邦姆比,还有所有的朋友,非常非常爱你们

(.) (.) (.) (.)

(.) (.) (.) (.)

老鼠

鲁本斯是个小瘪三

致欧内斯特·海明威

1948年8月25日(20岁)

意大利威尼斯

亲爱的爸爸和玛丽:

我们去半岛的旅行非常愉快,在威尼斯大概待了一周时间,后天准备去米兰。这里是我们去过的最漂亮的地方,不过我觉得

这里不适宜居住，除非你很老了，需要一个既安静又有许多人和事可看的地方。杰出的绘画作品，不过教堂里也有许多优秀的画作装裱得不好，采光也不好，尤其是丁托列托的。这孩子一定是个出色的工匠。光在杜卡尔宫，就有整面墙壁的画作，品质还依旧保持着。提香的优秀画作并不太多，几乎全是宗教题材，在这方面他并不出类拔萃。美丽的贝利尼在学院的画廊里。我相信绘画已经堕落了，真的。人们失去了对色彩的技术性把控，不管他的个人才能有多高。我觉得我学到的一件事是，与这里的三巨头相比，鲁本斯就是个小瘪三。

另一方面，在加迪娜有一场短暂而盛大的现代艺术展。有莫奈、毕加索、西斯莱、雷诺阿、马奈、德加、图卢兹·劳德雷克、凡·高、高更、修拉的代表性画作，我估计余下的也没什么人了。五十幅图画的透纳展涵盖了他的整个一生。他对我是一个极大的惊喜，因为除了他的复制品以外我从未看见过他的任何真迹。我觉得在色彩方面他甚至胜过那些擅长此道的法国画家。海景画甚至比霍默更棒，因为他的色彩更纯净也更清晰。除了这两个大展以外，还有佩奇·古根海姆最新藏品展（有不值一提的米罗），有马克斯·恩斯特、达利，还有其他一些价值值得怀疑的作品。最后，还有不同国家的展馆，有法国、意大利、美国、奥地利、波兰、比利时等。这里的东西实在太多了，简直来不及消化，因为有成百上千幅绘画，不过每个画家很少有超过一两幅的。意大利现代绘画棒极了。法国馆里有很多夏加尔的作品，我非常喜欢。

我又一次被绘画点燃了，几乎迫不及待地想回去自己也尝试画几幅。

意大利显得很安静，在共产党人和民众之间存在着明显的敌意。这也许仅仅是因为我不懂他们的语言，所以没法搞到许多第一手资料。乡村似乎已经彻底地从战争中恢复过来，比法国恢复得更好。铁路很好，巴士线路了不起，比美国更好，列车上有女乘警，还有酒吧。不过，物价很贵，比法国贵多了。我觉得你在习惯了西班牙语的环境之后，是很难掌握意大利语的，因为这两种语言是那么接近，所以靠耳朵你很难确切地听出任何东西。

这里的每个人都认为在几个月内就将爆发和俄罗斯人的战争，但对这场战争都持悲观的看法。

旅行差不多要结束了，过了一个愉快的夏天。也许应该留在学校里画画什么的，不过这趟旅行还是值得的。去过的每一个地方我都很喜欢，唯一的例外我想就是戛纳吧，因为我不是个百万富翁。

非常爱你的 (.) (.) (.) (.) (.)
老鼠

如今对我来说太有技巧了

致欧内斯特·海明威
1948 年 10 月 24 日
斯坦福大学

亲爱的爸爸和玛丽：

我回到学校已将近一个月了，我现在住的地方比去年要好得多。上课的教室都在步行范围内，寝室是四人间，不像去年住二十个人。我们有一个晾衣架，一台收音机，附近有卖可口可乐的机器，所以大家都过得很舒适。我的室友们的名字分别是华尔特、威利，还有斯迈利。最后这位之所以叫斯迈利是因为他从来不苟言笑。这三个人我都不怎么喜欢，不过管他呢，也就在一起待三年而已。

邦姆比生日那天我去旧金山看他了，大约在两周前他也到学校里来看我了。他是去华盛顿看看他是否能恢复以前在部队里的军衔。我两次见到他时他都很健康强壮，我估计此刻他正在部队里巧妙地周旋吧。我期待他在下一场战争里能够保护我。我们的第一道防线就是邦姆比先生。

路易斯阿姨几周前突然去世了，所以 11 月和 12 月里有几天妈妈要去照顾古斯舅舅，这样她就会在纽约一直待到圣诞节。不过，就目前来看，估计我们都会团聚在基韦斯特过圣诞节。如果不行，我们也许会去纽约。目前计划还不确定。

我在努力学习，目前已进入不得不上必修课的最后阶段。我觉得我会放弃生物学，我想尝试一些不那么科学的东西。我对科学厌烦透了。在老古董的时代我也许能成个科学家，但如今对我来说这玩意变得太有技巧了。

我觉得要给你写一封有趣的信很难，因为我现在真的没在做任何有趣的事。我试图再多学一些和希腊、罗马有关的知识，但进展艰难，因为我没有这方面的底子。还有大量的阅读等待我去完成。也许不值得那么努力，但它确实像那种等待你去学习的冷门知识，通过学习它会给你带来快乐。那些人名真让我头疼，还有地名。

非常盼望收到你的消息。

非常爱你的
老鼠
(.) (.) (.) (.) (.)

就像在国外

致欧内斯特·海明威

1948 年 11 月 7 日

斯坦福大学

斯坦福（上周六在洋基体育场，斯坦福橄榄球队被部队以

49 比 0 打败）

亲爱的爸爸：

多好的一封带着图画的信啊！在学校里已经待了两个月，我现在觉得死气沉沉的，听到鸭子和画画的事情非常开心，因为这里实在没多少开心的事（我为自己的可怜而流泪）。就像在国外，你必须学习异国的行为处事，这虽说也很有趣，但你永远也不会抛开自我意识的感觉。自从我离开基韦斯特的小学，我对正规教育就有这种感觉。我认为导师制度是最好的教育制度，还有阅读（从来不需要什么刻意的计划，也不需要什么标准或规矩）。一旦一个人开始思考他学习是为了什么，他就已经对学习没什么兴趣了。我的逻辑不及格，所以请你忽略以上的深奥想法和恶毒的分析。

我真的没有邦姆比的确切消息，只知道他在生日的两天后坐上开往圣路易斯的巴士，从旧金山去了华盛顿。他计划在华盛顿重新入伍，申请接受伞兵训练，为了在服役期间获得明确的军衔，因为他没有接受过正规的跳伞训练。我收到过他从内华达的一个小镇上寄出的明信片，当时他正在东去的路上，他在明信片上说，如果发生什么事，他会告诉我的。那是在 10 月 3 日，之后就再没有消息了。他把睡袋和所有的钓具都留给了我，让我为他妥善保管。他说他可能会在华盛顿和保罗·毛厄的老婆孩子住在一起。他不再为阿什维工作了，但我觉得不是那种最后搞得很难看的解雇，他们只是不再需要邦姆比担任的那种职务，因为他们放弃了那条生产线。不是邦姆比自己告诉我这消息的,而是就在我开学前杰·艾伦在纽约告诉我的。邦姆比离开了阿什维之后,随即就去了他们在卡梅尔的家探望了他们。有一段时间邦姆比打算为艾伦先生工作,艾伦先生与西雅图方面保持着运输三文鱼的生意,但这个计划没能实现。艾伦一家非常照顾邦姆比先生,所以我来这里见到他时,他看上去是自战前以来最健康的样子。他丢下了帕克和所有的钓具去了华盛顿,身上只带了去那里的盘缠,这个情况强烈地表示出他打算做他说的那些事。

我肯定到现在你已经收到格格的消息了。随信附上一封他上周写给我的信,信写得很不错。

我的新鲜事不多。读了很多关于希腊的书(一个安全的主题),非常刻苦地学习胚胎学。我们今天第一次得到了小鸡的活胚胎,经过两个月的准备期,这就像是第一次做弥撒。我做了详尽的听课笔记,再把它们打出来(光是胚胎学就有七十页),这些事把我忙得不亦乐乎。如果有人说回你的娘胎里去,我可以确切地告诉他这是什么意思。

你去过威尼斯的复兴运动博物馆了吗?我记得那里,因为它给了我很大的惊喜。非常有趣(我记得有一幅讽刺弗朗茨·约瑟夫[1]的漫画,他的整张脸是由各种水果组合起来的,还有法国人画得非常好的宣传画)。

爸爸,你过得肯定很好。请来信把一切都告诉我,因为它

---

[1] 弗朗茨·约瑟夫一世是奥地利帝国和奥匈帝国的皇帝,19世纪中期到20世纪初中欧和南欧的统治者。

比任何事都更能给我带来快乐。

非常爱你的
老鼠

没什么好悲观的

致帕特里克·海明威和格列高利
1948 年 12 月 14 日
阿普里别墅
意大利科蒂纳·唐佩佐

亲爱的老鼠和格格：

原谅我没有分别给你们写信，但我要做的事实在太多了。由于斯柏瑟的死，一切全都乱了套。莱斯似乎束手无策，只是急于以任何交易价出售房产，为了拿回他投资进去的百分之十，他还有到期的税务。爸爸先生现在真的焦头烂额了，我母亲病得很重，还有其他各种事，她今年八十六了，脑子也不是很清楚，我必须回桑尼去照顾她，再加上还要处理在桑尼的糟糕的经营状况。今天上午必须处理这些小问题。不过，就像妈妈一直说的，你们的爸爸是一个财政魔术师。不过，我真希望今天能来个他妈的魔术师，来为我施展魔法，来帮我摆脱经济危机。我希望有一床好被子，这就是财政的基本需求，它会使魔法的力量更加强。

然而，孩子们，没什么好悲观的。前天礼拜六，我们六支枪打死了三百三十一只鸭子。大部分是野鸭和水鸭，它们有个红色的脑袋，大小大约相当于一个罐头的五分之四，还有一些针尾鸭、绿头鸭、一只大肥鹅，还有一只沙锥。这是一场很棒的打猎。我们在伏击处并没有设置什么诱饵，这主要归功于一个非常好的猎手，他名叫布勒莱顿，说起鸭子来他比蒙特罗爸爸更在行。他会赶鸭子，它们会慌里慌张地朝着我们飞奔而来。在外围遭到射击、受了很大惊吓的鸭子会飞过来。你们知道水鸭会飞的。不需要什么在侧翼的囮鸟。没有一只鸭子在盘旋。我用布雷塔连放了几枪，几乎就像用那支荷兰的老布朗枪连射，荷兰枪讲究射击技巧，英国枪脾气很不好，苏格兰枪打鸽子呱呱叫。打得很好。我是在上一次经济危机之前买下这些枪的，所以你们两个都有真正的好枪可以射击。布雷塔对你们两个都合适。苏格兰对你们还是有点太大了，不过天哪它打起来太带劲了。我打死了许多，还有许多半死不活的。我们在伏击处用一百零六颗子弹打死了四十五只鸭子。这个叫布勒莱顿的人只要动动嘴巴，听上去有点像求爱的哨声；针对每一种鸭子哨声都不同。他可以叫它们飞离我们，就像蒙特罗爸爸那次打绿头鸭一样。

老鼠和格格，你们的来信很少，不过写得很棒。玛丽小姐爱画画，像个疯狂的画家，我期待着在我和格格先生收到真实的消息后在船上讨论这个问题。反正这要比讨论语法有趣得多，因为我实际看到过这些画，而且从来也没有对它们表达过什么爱意。

说到爱意，我很为邦姆比先生感到高兴，因为他终于和二百美元公主分手了，谁不高兴呢（现在我要躺下去睡觉了），这样他就可以把他的精子贡献给某个不那么胆小（此处省略一个词）的姑娘，尽管他的目的是为了去参军。

我在这里为他选了两个可以和他结婚的好姑娘，如果他想结婚的话，她们的优点比帕克多十倍，她们不是像帕克那样的次品，她们会给我们带来几个出自同一精子的孙子，而不仅仅是啤酒瓶盖上的［删除：欧内斯特·海明威式的］老猪头。实际上有三个姑娘，一个十八岁半，一个十九，还有一个二十三，都很漂亮，都很迷人，都很有趣，都很健康，都出身于名门望族。她们熟悉绘画、芭蕾、飞艇、音乐、打猎、钓鱼、滑雪。

现在和格格聊聊哈瓦那。你可以通过"回力球"找到艾利信。叫雷恩打电话问卡里托斯·洛克，他能找到艾利信，或者告诉你他在哪里。不管你记不记得，你都会认出卡里托斯的。

问问帕果关于持枪执照的事，雷拉尔蒂到现在应该已经更新好了。在我写字台的左上角的抽屉里有这个牧牛人的地址，他曾经邀请我们去霍尔金打猎。

把所有的枪都擦干净（这样才合理），看着孩子们把它们都照料好。写信告诉我所有我该知道的消息。别把枪拿出去，也别开枪。基德·图内罗[①]制定的新法律非常严格。

对不起老鼠，没有好好地回复你的来信。玛丽在写信，我也会的。今天是个阳光灿烂的大晴天，我希望能去威尼斯大学院。但我要给我的儿子和兄弟们写信，然后还要做一点家务以及

[①] 基德·图内罗是当时古巴最杰出的拳击运动员，海明威非常欣赏他。

施展一些魔法。(还没有想出任何能够赚到回家的路费的办法。但是他妈的必须赚到，也一定会赚到。不过我很肯定我想做的是好好地写作，而不是做那些自从麦克斯、海林格和斯柏瑟去世后不得不做的事情。)

转达玛丽小姐对妈妈和杰妮阿姨的问候。告诉杰妮阿姨，我错过了罗马报纸上刊登的对她的报道。我们都很抱歉错过了这条消息。

我们俩都很爱你们。今年没有圣诞礼物了。去巴哈马旅行再做补偿吧。**现在注意听好：**(警笛) 10月里没有收到任何人的存款支票。妈妈能否查一下？之前的最后几张支票是存放在老鼠的活期存款账户和格格的储蓄账户里的。截止到12月2日，格格，你的储蓄账户里还有六千四百二十六点零二美元，老鼠的账户里还有六千零五十点五六美元。格格，等你回到观景庄后请你查一下这些股息支票，看看它们是否全都寄给过我背书了。也许雷恩留下它们准备第二批再寄的。格格和老鼠的账户差额是因为他去了斯坦福，按照信托条件他的支票在活期存款账户里被当作押金了。不过，10月15日没有收到支票。

非常爱你们的
爸爸

祝大家圣诞快乐
爸爸

我花了一块钱买了一只蝙蝠

致欧内斯特·海明威

1949 年 5 月 22 日（20 岁）

斯坦福大学

最亲爱的爸爸：

妈妈写信告诉我，你和玛丽这个礼拜会回家，所以我会尽量写得短一点，以免你一回到观景庄就得看一封长长的信，我知道你有很多事情要做，不需要一封长信。

邦姆比来信说他很健康，我更健康，我已经两个月没有收到格格的消息了，所以假设他也很健康吧，除非有证据表明他不是。刚刚研究完真菌，现在开始研究苔藓。必须承认我们对它们的认识不深。昨天（礼拜六）我从两个孩子的手上花了一块钱买了一只蝙蝠，他们是刚在宿舍外面的角落里弄死这只蝙蝠的。我还是第一次真正地看到一只蝙蝠，非常有趣。它看上去和老鼠、鼩鼱没多大区别。像长着狐狸脸的鼩鼱，不停地做俯卧撑直做到胸部完全平展开。不过，后腿和尾巴就像别的动物。两只乳头，都在中心线偏上的位置，所以几乎就在腋下。翅膀的样子就像打开一半的伞。

我转学哈佛的申请能否通过，估计下周会有消息。不管通不通过，得到确切的消息总能让悬着的心放下来。

非常爱你的

老鼠 (.) (.) (.)

[用红字打在背面]

1949 年 5 月 29 日　又及：今天收到哈佛的来信，我被明年的秋季班录取了。

价值可疑的知识

致帕特里克·海明威
1949 年 5 月 29 日
古巴观景庄

亲爱的老鼠：

非常感谢你可爱的来信，刚巧在我们抵达的那天晚上收到的。很高兴你去加州南部度过了一个很棒的假日。希望转学哈佛能成功，如果你真的想的话。也希望你的期末考什么的都好。对于任何你不感兴趣的课程，都没必要拼命地去学。你所需要的只是及格而已，除非是你真正在意的学科。我觉得，有太多的人带着受伤的记忆从大学毕了业，因为对那些价值可疑的知识的不懈追求。

我们的巴哈马旅行安排得非常妙。马伊托准备再次订下

"优雅"，这样我们就能过得很舒服，我们现在还有"铁皮孩"来帮我们处理银行的事，我们可以在各处钓鱼，不用冒着乘坐"皮拉"号的风险。你会非常喜欢这条船的，我想，因为不是"温斯顿"号的那种临时性的马达。是四缸马达，开起来又稳又简单，就像好的汽车马达。这条船能够渡海，尽管它是一条特别轻的船，只要有点风，它可以去任何地方。

请回信告知你的到达时间，这样我们就能知道怎样才能去接你过来。我们会安排好的，不用担心。我只是想知道你打算什么时候来。格雷戈里奥把船打扮得很标致，卢比奥把两个马达都修过了。这应该是一次好得没话说的旅行，我们会在马伊托的豪华船上好好享受的。

玛丽会就所有的威尼斯画家和你展开讨论，或者是交换意见。她在学院和圣洛克学校里待的时间比我在哈利酒吧或野鸭谷还要长。等你这个夏天来到这里，这里有许多好人儿想要见见你呢。你会喜欢他们中的某些人的。

期末考放松一点，控制好节奏，不要把自己搞得太累了，哪怕转学哈佛没有成功，也不用担心。只要记住那样的话你就不必住在波士顿了。我的信差不多就写到这里吧，尽管我应该再写下去，因为你的来信写得那么好。非常感谢你在我们旅居欧洲期间这么勤奋地通信。我和玛丽都非常欣赏你的来信。

我们俩都非常爱你

[该信未签名]

基韦斯特欣欣向荣

致欧内斯特·海明威

1950 年 1 月 12 日

佛罗里达州基韦斯特

亲爱的爸爸：

度过了一个安静的假日。在巴尔的摩遇见了格格，我们一起从华盛顿机场飞到迈阿密，在机场大约逗留了三小时后，又飞去了基韦斯特。机场里一片狼藉，因为正在对它进行更加现代风的改建，而目前阶段的效果就是你找不到地方吃饭，也没有盥洗室。

基韦斯特欣欣向荣。有三四家新建的汽车旅馆，有许多挂着别州牌照的汽车。人们开车来佛罗里达时，已经很自然地会顺便来这里。汤普逊先生说，在听到诺伯戈和卡尔的生意及税收都不好之后，他估计自己是汤普逊家最有钱的一个了。钱伯斯先生和太太最明显的变化就是，钱伯斯太太的记性不像以前那么好了，但是钱伯斯先生的应对堪称完美，他现在已经彻底控制酒量了，而且会提醒钱伯斯太太应该要做的事情，比如带潘妮去散步。潘妮看上去很老了。

你没有错过任何好天气。我在那里的整段时间里都没有刮北风，一直是闷热潮湿、时阴时雨的天气。格格说古巴的天气也是这样的，不过和阿德里安娜的兄弟在一起过得非常愉快，尼塔似乎把他看成了外国来的骗子，一直小心翼翼地监视着他，以防他盗取银器。

至于我自己嘛，并不是那么开心。我有良好的习惯，有乔治时代年轻女士的大部分才艺：会画水彩画，会写押韵的诗歌，谈起文学和美术来头头是道。不幸的是，我不会唱歌跳舞，不会演奏什么乐器，我已经二十一了，也没人要我嫁给他。您有什么好的建议吗，有文化的博士先生？

请告诉玛丽我已经想明白了是什么造就了一幅好画，是一个优秀的画家（我的这个观点得到了亚里士多德的支持），再加上对色彩、线条、明暗的巧妙运用。最新的内部消息是：戈雅是一个仙人。

非常爱你的

老鼠

CAEJOTID（一首猫咪的史诗）

[一首帕特里克原创的诗歌，模仿《埃涅阿斯纪》的风格]

来吧，恶毒的荡妇。来诱导我

让我的目标落空，意志沉沦

让我们的英雄下地狱，

多有趣啊，怎样才能

让地下的世界也开始烦恼：

他憎恨妈妈和办事员

办事员读着幽默故事

用波尔森和华沙的语言，真混啊！

等到他的年纪足够大了

可以偷一辆自行车，走遍世界

他匆匆忙忙地赶去肮脏的树林

这座树林环绕着他出生于此的城市；

在被油污弄脏的沼泽地里

在垃圾下面，他幸运地发现了一座小丘

小丘上插着一根树枝，上面用希腊语写着：

允许你进入地下。

我们的英雄拔出了蔗草的草茎

然后推开通往地下世界的大门

六个穿着睡衣的隧道工在炸开

穿过坟墓的隧道的砖墙

在左面，在右面

无视更前面的风景

插着广告牌，写着冰冷的建议

那个糟糕的气味真难闻

再加上地狱的热浪滚滚

他会聪明地买下妈妈。

一面湖水跨过了这片障碍

腐烂的虾散发着臭味

在工业的废渣里泛起一抹烂红

一位熟悉地狱的派对船长站在那里

发誓说只要等到风平浪静了

他就会把我们的英雄带去那片土地

那里每一片阴影都有一个烙印

是他骄傲地签上去的名字,但是不行

因为监察官说:"这不公平

往生梨罐头里掺入杂质。"

哈利在等着,他好奇地注意到

这一延误,一个主治医生的身体浮肿了

然后要听一听一个预防性的抱怨:

灵魂在死亡中伸展得太迟

预防性的语言。

一排排堆积起的以前的孩子,

骨头的空间有限,都挤在一起

每条大腿上都敲着蓝色的图章

也许每一个魔鬼都在等待着

在圣诞节时有权利吃一只烤乳猪。

已经超过了一个小时

自从船只越过了那片淤泥

因为在漫长的涨潮时间,一切都快速移动。

"这东西随时都可能坏掉,

除非我们能趁涨潮把它运走!"

船长对着另一边大喊大叫;

答复在一片回声中响起:

"对我们来说这些全都一样,

因为我们在这里能够做到自给自足

我们不需要船运来的货物,

这不过是很久以前的一份合同

上帝就是用它来骗我们说会提供食物。"

———————————————

我的姑娘穿着最美的法国连衣裙

躺在一张大理石的棺材板上

不是因为舒适,而是因为她死了,

两只枕头把她的头部撑到一个合适的高度

在胸部的上面;以及在她的脚边

一条哈巴狗,打上法国人的忠诚标记

她把优雅给了雄狍

把翅膀给了海鸥。

结婚的所有事情

致欧内斯特·海明威

1950 年 5 月 17 日（21 岁）

马萨诸塞州坎布里奇

亲爱的爸爸：

很抱歉，你一边工作一边还要为了我结婚的所有事情而烦恼。至少现在都结束了，非常感谢你的上一封来信以及去欧洲旅行的支票。如果我花点钱去罗马，买一张纸质的贵族证明，你觉得这个主意如何？我觉得自己不会比一个圣年的礼仪官做得更好，但我也会做好的：一个受过高等教育的孩子（除了拼写不行，不过这是一个贵族的缺陷），他还是圣女大教堂的一员：我们比有钱人更美丽。

我很想完完整整地看一本书。我开始认识到事物在被理解之前也可以被阅读被讨论，这是真的，这也是为什么聪明人不会给早熟的孩子过多的负担。我几乎读了你写的全部作品，但我再次阅读时，发现自己没有抓住你作品的重点。同时我也发现在自己的阅读和理解之间存在着时差，可能是一天，也可能是五年。这样就在原则上使你更尊重书面的文字，希望在不远的将来能够带给你启迪，但同时又担心受到了欺骗，所以你会小心谨慎。评论家总是立刻就对一件作品下评语，这简直糟糕透顶，我不觉得这些评语有多大的价值。我现在开始理解诗歌了（也许是黑暗的玻璃眼），有两件事对我帮助最大：一件是以很慢的速度阅读拉丁文，这就要求仔细地浏览诗句，然后诵读出来什么的，另一件事就是庞德先生的诗歌评论。首先，诗歌比散文更属于一个冰山的领域，它要讲的道理非常像是数学要讲的道理，不过是伴随着读者的敬意与赞同，但是更微妙、更优美，到最后也更单纯，就像他讨厌的一个三维模型上的很复杂的公式。正如你说的，每个词语都依赖于另一个词语，这在如拉丁语这种屈折性的语言里甚至具有更大的可能性。不幸的是这是一门死的语言，从语法的角度来看，德语是唯一一种和它很相似的语言，而人家告诉我，德语听上去特别难听。这些在屈折性上的优点在诗歌中要比在散文中更能派上真正的用场（和事物的分离不会带来困惑），散文嘛，散文原本就不是拿来大声朗读的。请原谅我反过来对你引用庞德先生，你对他的了解远比我多得多。只是为了引出我那并非原创的想法而已。说到底，大家的想法都差不多，不过人们会为之买单的是那种在合适的时间里能够使世界万物运行得更快的想法。抛球谁都会，但会接球的没几个，所以就要决定该如何接球。

天气好极了，礼拜天做了一次长途的自行车旅行（四十英里），去看了瓦尔登湖，并非那么迷人，但是政府管理的，因此湖水很清澈，但是夏天有很多人从波士顿来这里游泳，他们密布在湖畔各处，像推土机似的把整个湖滩搞得一片狼藉。

我爱玛丽

爱你的

老鼠

一个美妙的周末

致欧内斯特·海明威

1950 年 11 月 6 日（22 岁）

马萨诸塞州坎布里奇

亲爱的爸爸：

感谢两封很棒的来信。它们揭开了一个美妙的周末。妈妈和格格都在礼拜六来了。妈妈看上去很好，而格格看上去是我近两年里看见过的最棒的一次。他刚刚辞掉了一份收银台的工作，因为他算错账就要自己掏腰包，再加上通勤费，社保、个税、员工活动费用等的扣除，所以他觉得他能找一份更好的工作。妈妈说他在纽约市区有一个很好的住处，和另外四五个人合住，他邀请我们下周六去他那里为他庆祝生日。他觉得推智学会①走不了多远，因为他们在东海岸表现不佳。他们聚集在洛杉矶的圣殿礼堂，他们的头头哈伯德先生，在聚光灯下为一名神志清醒的患者

---

① 由美国作家拉斐特·罗恩·哈伯德创立的新兴宗教团体，提倡排除有害印象的精神治疗法。

成功地完成了治疗，但那个人神经兮兮、语无伦次，一个神志清醒的人不应该是这样的。

妈妈今早动身去了基韦斯特，现在应该已经到了，我估计。她说西班牙比她想象中的情况要好，但马德里到了晚上所有的非公用设施全部停电，因为发电厂部分遭到了破坏，所以大街上人山人海。

我觉得波多黎各的问题在于他们的朗姆酒不像古巴的那么好，不在于我们对他们的压迫，你觉得呢？我们为什么不让他们独立呢？

亨妮爱你。我们都很开心，都很喜欢她的礼物。祝简弗朗哥好运。

非常爱你的

老鼠

你觉得战争马上会爆发吗？

致欧内斯特·海明威

1950 年 12 月 10 日

马萨诸塞州里维尔

亲爱的爸爸：

上个月因为亨妮一直生病以及最终在上周失去了宝宝而变

得凄凄惨惨，不过她现在看上去感觉好多了，我们都对我们在水上的新家感到很满意。

海湾尽头多少都有些大的浪潮，落潮的时候，海滩几乎就像戴托纳一般宽广，不过没那么洁白。涨潮伴随着大风时，海水直接扑向我们的窗户。在冲击长岛的风暴中，我们失去了许多墙板和大门，电力也在半夜突然中断，不过也很有趣，你可以听见想象中的大飞机在彻夜轰鸣。

我上周六去看了格格，我们一起去自然历史博物馆看了一场精彩的鸟类表演。

你觉得战争马上会爆发吗？看上去我们和中国人、俄罗斯人之间肯定会有不小的冲突。按我无知的观点来看，他们是全人类中最坚强的两个民族。幸运的是，我觉得他们天生不是好战的民族，所以我们只需在他们的本土和他们交战即可。我唯一的期望是这场战争不要早于 6 月底爆发。

亨妮问玛丽："有什么好办法让屋里保持干净？"她在这方面不太搞得定。

我希望你们都好。我爱玛丽。请对简弗朗哥和他的家人转达我的问候。

> 非常爱你的
> 老鼠

为荣誉而战

致欧内斯特·海明威

1951 年 3 月 27 日

马萨诸塞州坎布里奇

亲爱的爸爸:

这学期只剩下一个半月多一点了,因为我不用参加四年级最后一学期的期末考,因为我要去为荣誉而战了。他们允许你这么做,因为 5 月的大考和口试就同期末考一样。最终的结果将在 5 月的第二周出来,我们希望到时候就可以去西班牙了。*On beint si bien*[①]……不过,我觉得我可以在普拉多博物馆学习很多临摹,那里不像卢浮宫那样人山人海,也不像大都会博物馆那么不伦不类。我给征兵处写了申请,但还没收到他们的答复。我觉得在 9 月之前不可能被征召,尽管随着春天的解冻期他们也许会加快征兵的步伐。

复活节以来一直是晴天,尽管不是那么暖和。鸭子很少,只有白枕鹊鸭和长尾鸭那类的月桂鸭。我下周要放春假了,我们准备北上,想去缅因州露营。希望那里不会太冷。在亨妮处理掉的农庄里有一条溪流,里面应该有许多胡瓜鱼,你甚至可以用手把它们捞上来,不过我不知道这些鱼是否够我们吃一个礼拜的。

---

① 【原注】法语,大致意思是"我们都很好"。

我希望那里有一些流苏松鸡。我看见了一些足迹。两周前我们去那里度周末，也为了先去探探路，因为1916年后就没人去过那里。那里荆棘丛生，但是个很可爱的地方，一个俯视盐水湖的岬角，这个盐水湖其实是达姆里斯考特附近的一个海湾。海岬的一侧是小小的悬崖，另一侧是入海口，胡瓜鱼应该就是从那里冒出来的。我们在那里的时候，海水还冻着。"皮拉"号可以直接开进去，但必须建个码头什么的以确保船只的安全。

有空的时候请来信，尤其想知道西班牙的事。我爱芬加·玛丽和简弗朗哥。亨妮问候你。

非常爱你的
老鼠

习惯于独居生活

致欧内斯特·海明威

1951年7月22日（23岁）

西班牙马拉加

亲爱的爸爸：

生日快乐！这儿没什么新鲜事，除了画画进展得比预期顺利得多。6月份以来已经画了九幅油画，但只有两幅是成功的。每天从上午十点画到下午一点，不过画完之后在马拉加就没啥事好做了。到 8 月美好的斗牛季就开始了，但是热浪已经袭来。格拉纳达已经 50 度了，不过这里稍微凉快些，因为我们这里吹得到海风。

希望朝鲜停战会让征兵暂缓，否则 9 月我的签证到期，我就要回基韦斯特去接受体检。

有人给我寄了一张剪报，上面说海明威奶奶去世了。我觉得她度过了一个很幸福的晚年，要比菲法奶奶幸福得多，不过她的脑子很好使，而且她也更习惯于独居生活。

亨妮在和一个真正的阿拉伯人学习阿拉伯语，这要比她在哈佛能够得到的教育好得多，不过我觉得那种语音听上去就像咳嗽、吐痰。我非常爱玛丽、简弗朗哥，非常爱。

(.) (.) (.) 老鼠

好好保持联系

致帕特里克·海明威

1951 年 9 月 16 日

观景庄

古巴圣弗朗西斯科·德帕拉

亲爱的老鼠：

我恐怕你没有收到我给你写的信，所以我复印了这封信，准备寄到你的新地址去，如果你搬家了，就等到妈妈把你的地址寄给我。（用鞋拔子把这句子拔直了。）我给妈妈写信问她要你的消息和地址。但她只是寄信来说基韦斯特政府给你延期了3个月。我又给她写信要你的新地址，如果你搬了家。

德国出版商B.费什已被授权付给邦姆比两千四百美元（一万德国马克），我写信给他让他给你五百美元。你必须安排一下如何转账。也许他可以开一张美元支票，存入你的基韦斯特银行。也许还有更简单的办法。总之我通过邦姆比转账给你五百美元，出版商来信说已准备好付钱。邦姆比的地址如下：

约翰·H.海明威上尉 01798575
军邮代号 50.330
Par B.P.M. 517
APO 82
纽约州纽约

这地址本身实际上就是一封信。他是隶属于法国第三集团军的美国联络官，驻扎在布莱斯高的弗莱堡。部队里给了他一块归他自己所有的大约两千英亩的猎场，那里有雄鹿、野猪、锦鸡、野兔、家兔、獐鹿、鸽子，还有野鸭。现在是打鸽子的季节，鸭子要再晚一些，锦鸡要等到11月。现在已经可以打野猪了，他还有别的地方的狩猎证，加起来要超过两万英亩。

我原本打算今年秋天去他那里度假，和他一起打猎，但玛丽父亲在芝加哥得的老毛病复发了,所以玛丽不得不去格尔夫波特。她只要在那里待一个礼拜,他现在已经出院了。但我们不知道他什么时候又要住院,她又要去照顾他。所以我必须等在这里。至少 9 月份和 10 月份不得不如此。

我重新写了七万六千字(删除,修改等等),重写了那部书的第一部分,就是那年夏天你卧病在床时我搁笔的那部书。第二部分大约三万五千字,第三部分四万四千字,最后一部分二万二千字,是在新年里你和亨妮离开后就开始写的。第三部分和最后的部分实际上不需要做任何修改。不过,第二部分必须做大量的修改。但我现在又累又乏,我想休息一阵子,度个假什么的,然后再精神抖擞地修改原稿。

整个夏天这个游泳池都超棒的,又干净又凉快。可怜的黑狗在大热天里日子不好过。不过,北风就快来了。

我希望你的绘画进展顺利,老鼠。希望你和亨妮这个夏天过得没什么不舒服的。你们去过普拉多博物馆了吗?马德里过了 9 月中旬应该就很舒服了。我很高兴你获得了延期,希望你能再得一次延期。

等你收到这封信,我们尽量好好保持联系,因为你和亨妮在欧洲期间,我还是有可能过去的。

非常爱亨妮。玛丽也爱你们,还有简弗朗哥。

非常爱你的
爸爸

画得流畅多了

致欧内斯特·海明威
1951 年 9 月 18 日
西班牙洛斯波利奇斯

亲爱的爸爸：

请原谅我最近两个月来没怎么写信。我们一直在马拉加，除了上周搬去了一个比圣弗朗西斯科·德帕拉稍微小一点的城镇，它在海岸的南面，距离阿尔赫西拉斯三十英里左右。这房子有一扇大窗面朝大海，第二天我们去了海边，看见一大群海龟在离海滩二百码距离的海里嬉戏，不过后来就再没见着它们。每天早晨你临窗眺望，总可以看见某个人在海滩上例行公事后提着裤子往回跑。"马利亚，*donde sale la porquaria del pueblo?* ①"若有所思的长长的停顿。"*Casi por todas partes.*" ②

没有听到大家的多少消息，不过妈妈寄给我一张格格和简恩的照片，他俩看上去都很好。妈妈和杰妮阿姨在洛杉矶度夏，我估计她们都过得很开心。

现在我更多时间待在乡下，画画进展得顺利多了。早晨和傍晚出去走走，因为白天的阳光还是太猛了。我发现必须认真仔

---

① 【原注】西班牙语，这座城镇的粪便都往哪里去呢？
② 【原注】西班牙语，几乎哪里都去。

细地画底稿，之后就会画得流畅多了。

祝福观景庄，爱玛丽和简弗朗哥。亨妮也爱你。

非常爱你的
老鼠

厚重的书对松松垮垮的书

致欧内斯特·海明威
1951 年 9 月 28 日
西班牙洛斯波利奇斯

亲爱的爸爸：

感谢你 16 号的那封非常令人开心的来信。如果你真的过来就太好了，我们可以一起去那个两万英亩的弗莱堡，因为就我看到的德国的一小部分而言，我觉得那是西欧最佳的狩猎地，由于缺乏民主以及对法律的尊重，甚至是动物保护法，使得那里的猎物如同在 1830 年代那般繁盛，彼时火枪在突然之间开始终结大型猎物的生命，因为那些没有祖传家产自留地的普通人也可以搞到枪了。说真的，直到最近还是非民主的那些欧洲国家，比如英国（从狩猎的角度来说）、德国、波兰、匈牙利等等，难道不是最好的狩猎地点吗？再加上德国已经连续六年不允许公民拥有火枪，我还记得有次我们和邦姆比一起去钓鱼，一只巨大的火狐从树林里窜出来过河而去,不慌不忙地在田野间行走,而通常火狐是一种极为胆小的动物。

也非常感谢你的五百美元,这笔钱在西班牙两个人可以过大半年了。更丢脸的是,我不得不补充这么一句,这里的工资甚至比物价更低。不管是什么流通货币,我觉得都可以在丹吉尔完成交易,因为那里有精于此道的英国犹太人。

我现在手里的兵役证 12 月 1 日到期,不过我不知道再得到一张证的可能性有多大。我自己的看法是我们永远都不可能和俄罗斯人开火的,倒是和操未知语言的未知种族之间可能冲突不断,我奇怪那些未知种族为什么不要求俄罗斯像我们那样积极地参战。如果他们不要求,那我觉得那种开火的狂热就有希望松弛下来。

非常高兴你的书进展顺利。现在我的西班牙语已经好到可以读塞万提斯的程度了,我觉得又大又厚的书有它自身的尊严、价值,充满了惊喜,对读者而言它们的节奏要比别的书更好。我希望你的书就是这种厚厚的大部头。我这爱评论的性格又要发挥下去,要去阐明一本厚厚的书和一本松松垮垮的书之间的区别(乘坐地铁的荣耀,托马斯·沃尔夫),*pero ja no tiene interes*。①

因为流感一整天都待在床上(此刻西班牙正在把流感精炼出来,然后一旦条件成熟,就准备把它船运到世界各地),为此已经有两天没有画画了,不过希望明天可以画。令我疑惑的是结

---

① 【原注】西班牙语,但他没兴趣。

果十分神秘。这一幅也许非常棒,而下一幅也许就非常烂。

海水非常适合游泳,在得感冒前我每天都要游两千米。地中海在海面以下,和加勒比海比较起来其实是非常枯燥乏味的,在这里撒网捕鱼的渔民把海岸附近的鱼类都捕光了。这里的人把老 *Salmonete*[①] 视为美味。我非常开心又能看到它们的胡须了。

亨妮也得了流感,不过现在已经完全好了,她今天甚至还洗了澡。

感谢你告诉我邦姆比的地址,我希望他能来西班牙钓鲱鱼,不过我估计他现在跑不开的。猎枪(巴斯克钢铁制的)在这里非常便宜。如果你有兴趣我可以把目录寄给你,尽管无论怎么说,德国和英国的枪都是最好的。不知道邦姆比是否勾搭上了什么德国姑娘。

爱玛丽和简弗朗哥(他那地方听上去很不错,是不是我们以前常常注意到的在去兰乔·博耶罗斯路上的那个树木茂盛的庄园?)。亨妮也爱你。

非常爱你的

老鼠

---

① 【原注】西班牙语,红鲱鱼。

这里的政治整个一团糟

致帕特里克·海明威

1951 年 9 月 30 日

古巴观景庄

亲爱的老鼠：

感谢你从丰希罗拉寄来的好信。很遗憾马德里的天气那么糟。你可以再试试。我赞同你对曼特尼亚①的看法。我总是把他保留到最后。你肯定也看过耶罗尼米斯·博斯和布鲁盖尔父子以及迪尼埃父子的画了。戈雅在画《狂想曲》系列和其他那些疯狂的黑色绘画作品时，常常躲在地下室里，根本没有足够的光线使他能看清自己的画面。我估计大量的印刷品对你的绘画产生了影响。我第一次看见这些作品时，大多数印刷品还是维拉斯凯兹和戈雅的不那么有趣的一些画作，以及许多著名的本地（没什么价值的）画家。有大量的荷兰绘画，那些画家的名字甚至我从来都没听说过，但我认为那些画作棒极了。

等你去了托莱多，你就会很容易地看出格列柯之家②里的格列柯画作有哪些是伪作，我觉得普拉多博物馆里的格列柯没有一件是赝品。

---

① 安德烈亚·曼特尼亚（1431—1506），意大利文艺复兴时期的画家。
② 美国建筑师乔治·史密斯在加利福尼亚建造的一所房子。

格格不给我写信，也不回信。他打电话来说要寄一些画作来。但是从没收到过，也没收到过婚礼邀请函。

　　你给我们写这么好的信，我很为你骄傲。我希望你在绘画上有很好的运气，老鼠。我现在真的比任何时候都写得更苦，甚至比我在压力如山中写作《丧钟为谁而鸣》时更苦。不过我们俩都不要在礼拜天的一大早大吐苦水了吧。还是让本地的医生来帮我们解决问题吧。

　　这里的政治整个一团糟，不知道最后会被清理成什么样子，也不知道是否会被清理。埃维亚是一个正直的人，但我不知道他们是否会选他。巴蒂斯塔强势回归，有七万人聚集在中央公园为他明年夏天竞选总统造势。上周有传闻说普里奥要辞职，说准备把政府交给军队管，那军队又会把政府交给谁管呢？还是就自己接手呢？普里奥在当天晚上就否认了这则谣传。格兰遭到了起诉，因为他的政府贪污了一亿七千八百万。

　　不知道你是否能收到此信，老鼠，因为你这个邮件自取处听上去不像一个正规的地址。我会给妈妈写信，看看你有没有新的地址。

　　祝你好运，代我去好好看看普拉多。

　　我们俩都非常爱亨妮。

爸爸

妈妈突然去世了

致帕特里克·海明威

1951 年 10 月 1 日

古巴观景庄

收报人：

古巴圣弗朗西斯科·德帕拉观景庄

NLT（深夜电报）

帕特里克·海明威

邮件自取处

西班牙马拉加省丰希罗拉

非常抱歉告诉你这个坏消息杰妮阿姨发来电报说妈妈因心肌梗死突然于基岛去世句号等到墓地选好后会代你和亨妮献花句号你什么也不用干什么也不用担心老鼠继续好好学习句号写信告诉我你的月度支票要存在哪里我会打理好所有的经济问题句号最沉痛的悼念和我们无尽的爱爸爸

发报人：欧内斯特·海明威

圣弗朗西斯科·德帕拉观景庄

母亲对我来说是完美的

致欧内斯特·海明威

1951年10月6日

西班牙洛斯波利奇斯

亲爱的爸爸：

感谢你这么快就发来电报，到目前为止只收到了两封唁电，一封来自杰·艾伦的儿子迈克尔，另一封来自尚雷，不过我知道邮件到达这里至少要五天。我和亨妮都很感谢你代我们献花，因为我估计我们没法及时地知道母亲的葬礼将在何时何地举行。如果你能安排让唐安德烈斯为母亲做一场弥撒的话，我也会感激不尽的。我在这里已经为她做过弥撒了，但我不认识那个牧师，他也不认识母亲。

没有人能在和每个人的交往中做到完美，这个太复杂了，但我确实知道母亲对我来说是完美的，我为她做的事情永远都是不够的，而且最后看来我根本什么事情也没有为她做。爸爸，她是个了不起的女人，她什么事都能干。我还记得她以前常和你去克拉克溪钓鱼，记得她打狮子时的飒爽英姿，记得她做的饭菜就像玛丽安和艾达做的一样好吃。我喜欢她的着装方式，虽然她自己并不怎么在意衣着打扮，但那绝对是职业级别的，她有一颗聪明的头脑，她敬重教育和智慧，当她把智慧运用出来时，就像蜜蜂蜇人似的尖锐且猛烈，她更像法国女人，而非美国女人。我知道对于艾尔玛·戴维斯和查理·罗斯来说,她就是个出色的女记者,她们只要来基韦斯特,总会来找她聊天。就在几年前,还有个《每日新闻》的记者鞍前马后地服侍过她,此人回到纽约后还写了一篇叫做《基韦斯特,美国的新加坡》的文章,换句话说就是"正如宝琳所说"。她对二流的人物也很有耐心,她在本质上从来不认为自己比别人更优秀,尽管对有些人她无法恭维。请原谅我给你写了这些,但你也许是除了我之外唯一一个了解这些实情的人,也是真正对她心怀感激的人。

请代我感谢玛丽发来的慰问,我知道母亲也非常喜欢她,也谢谢每一个关心母亲的人。非常感谢你的支票。我会在下一封信里和你详谈此事。

非常爱你的

帕特里克 / 老鼠

自主沉浮

致欧内斯特·海明威

1951 年 11 月 13 日

佛罗里达州基韦斯特

亲爱的爸爸:

我今天收到你的来信,因为里面还包含妈妈给哈里斯先生的邮件，所以被耽搁了，不过这个并不是我没有更早写信的借口。本周非常忙，格格和简恩都走了，杰妮阿姨想好了她要干些什么。我知道你对她的看法，你对她怎么看和我无关，但我确实欠了她一份人情，因为母亲的后事都是她帮着料理的，我希望我可以自己来料理，可是我身在远方，这是不现实的。她将去纽约看医生，同时还要参加一场朋友的婚礼（库伯岑太太），我一开始希望我们可以去拜访马修·海洛德，去问问母亲的信托基金和华纳·胡德纳股票的情况，在这些方面他似乎是消息最灵通的。因为你在电话里说的，我会更谨慎的，我会让他把要我带给哈里斯先生的任何消息都写下来，这样就有了书面记录，不过我想至少要等到我亲自见过海洛德先生之后，再来决定莱斯先生的事和代理律师委托书。我和亨妮计划明天与杰妮阿姨一起坐车去迈阿密（汤普逊太太准备为我们开车过去），然后在那里过一夜，再在礼拜四的下午搭飞机去纽约。我们大概会在纽约待三天，两天在巴尔的摩陪亨妮的父母，然后再回到基韦斯特，花上几天时间把行李和绘画的东西好好理一下（我们到现在还没有时间做这些呢），我们很想在 11 月最后一个礼拜的哪天飞去观景庄，或者是等我们有空了的随便哪天。

非常感谢你在征兵和服役方面的消息。我在基韦斯特这里和一个征兵办的军士谈过，知道了陆军的服役期限是三年，而海军和空军则是四年，但是应征入伍并没有什么实际的好处，除了那些教官对你的态度较好外。这理由在我看来还不充分，所以我决定再观望一下，至少要等到这个月底，因为直到 11 月 30 日，我仍然可以在体检合格、收到正式的入伍通知之后入伍。

如果在我们回来之前有什么事情你需要和我们联系的话，我们在纽约期间会一直和迈克尔·艾伦住在一起或是去看望他，他的地址是华盛顿广场北路 21 号。

爸爸，我希望自己在这件事情上没有表现得像个自以为是的傻瓜。我觉得在二十三岁这个年纪（当然，这个年纪在任何方面都没啥优势），对自己的事情应该沉浮由己。如果我表现得愚蠢或傲慢，请告诉我，请直截了当地告诉我。我不像格格先生那么有才华，那么风趣，但我想做你的孝顺儿子，想做格格的好大哥（太不容易了！），想做亨妮的好丈夫，想做玛丽的好朋友，就像她是妈妈的好朋友一样，想做杰妮阿姨宠爱的好外甥，想做让邦姆比引以为豪的好小弟，然后在余下的时间里，做个像样的画家。

会在纽约给你写信
非常爱你的
老鼠

没什么好丢脸的

致帕特里克·海明威

1951年11月24日

古巴观景庄

亲爱的老鼠：

我让亨妮带着维加医生开具的合法的医学证明过去了，维加医生是你在基韦斯特得了脑震荡后为你看病的主治医师。何塞·路易斯·艾莱拉医生和维加医生都认为你在接受入伍体检时应该出示这份证明。

请向给你做体检的医生解释清楚，你并不是想逃避兵役，两位医生开具的证明也不是为了要帮你逃避兵役。但是具有丰富的服役经验的何塞·路易斯·艾莱拉医生认为你的疾病不适合服役，不把这个告诉部队是不诚实的。

斯泰特米尔医生现在在古巴的圣地亚哥，要不然我就会找他咨询意见了。如果体检医生希望我给他关于你的脑震荡及其后遗症的进一步资料，我非常乐意提供。罗伯托做了翻译，是为了万一体检医生看不懂西班牙语。他们可以看到一份正式的英语翻译件。

从我个人在战场上的经历和我读过的那些书里，我知道有大量的伤亡士兵是因为没能在体检时好好地筛选出来。告知体检医生你得过的病不是一件丢脸的事。我认为你是我认识的人中最勇敢最正直的一个,而与此同时我不相信你现在适合服役。就像一匹受伤的骏马不适合赛马一样,这没什么好丢脸的。适合你做的事情还有很多,而且我相信你都能做好的。

请原谅这封信的口吻显得一本正经的。见到亨妮真是太好了,我希望我们不久也能见到你。

我希望我正确地处理了证明的事。毕竟做事情只有一种方式:诚实正直的方式。不要对那些听上去有些吓人的症状太在意。就像证明上写的,你已经克服了所有的症状。不要为任何一种症状担心,也不要为经济、财产处置问题担心,不要为任何事担心。你的画作我看过几次,我觉得它们很棒,绝对是一流的作品。

非常爱你的
玛丽和爸爸

精神状态好极了

致欧内斯特·海明威
1951 年 11 月 27 日
佛罗里达州基韦斯特

最亲爱的爸爸:

我希望我突然打电话给你没有太打搅到你的写作,你知道我有多么感激你的责任感，以及你对所有三个孩子的事情的关心。这个脑震荡、狂想症、失忆症等等一切，只不过是必须快速处理的又一件事，就像所有的问题。礼拜一做完体检出来后，我觉得自己的思维就像一个很有潜力的好士兵，一切行动听指挥：去让曾为我治疗脑震荡的医生写一封信来，信的内容是关于我记不住自己的病情，或者换一种更正式的说法，关于我的失忆症。要不是我给他们看了一份证明，上面有充分的证据表明我以前得的是精神错乱，而不是简单的失忆症，因此即便我在愤怒时掏出一把玩具手枪来打打也毫无疑问是不够格的，他们很有可能是不会要求我提供这么一封信的，我以前从来也没有进一步想到这点。我可以想象到士兵们的担忧，如果他知道在后面掩护他的是一个患有狂想症的家伙，这个家伙随时都有可能出现因脑震荡的治疗造成的轻松的心情和复杂的性格，以及同时还有对政府保险的深刻担忧，因为可能要负担精神病医院的费用，这比大学的学费贵多了，因为可能会超过四年，尽管医院里当然不会收取教材费。所以我没有把我的证明拿出来，也许纯粹是因为困惑和胆怯（不一定是精神错乱的标志哦），我会把证明寄给他们的，再附上一份我治愈后的精神状态的声明书。为了保护我自己，我必须指出就在五个月之前我刚刚以优异的成绩从美国一所著名的大学毕了业，不管是精神上还是身体上，我都符合大学里的所有要求。我觉得自己现在的精神状态好极了。我认为我现在不能像生病前做得一样好的唯一一件事就是加减乘除，不过我觉得这主要归功于把这种问题交给机器去处理要比交给人处理合适得多这么一种新的认识。亲爱的爸爸，我很抱歉你不得不为这一切担心，这件事情很快就会尘埃落定的，到时候我们就可以当笑话讲。萨利先生似乎很想过去看看你。他说："他妈的，我真想去见见海明威先生，和他好好聊一聊这件事，他妈的。"

如果你担心我太兴奋了，你该记得没有什么比我的脾气更有意义的了。拉瓜蒂埃先生以前常常兴奋过度，但没人觉得这有什么大问题。如果你对我的信心动摇了，请记住在过去的三年里我的生活完全是自己掌控的，而且在这些年里我把生活过得健健康康快快乐乐的（当然，是用别人的钱，大部分是用你的钱，自从我成年后，超过两千美元了），依靠的不是别人的判断而是我自己的，还有别人的建议。现在没有别人给我建议了，但我还有你的建议，我尊重你的建议，但我不认为我必须一直不折不扣地照着它执行。

非常爱玛丽，希望辛斯基安好。

非常爱你的
(.) (.) (.) (.)

在一个天体营附近打猎

致欧内斯特·海明威

1952年1月28日

佛罗里达州基韦斯特

亲爱的爸爸：

上周日汤普逊先生带我去霍姆斯泰德后面打鹌鹑。那片乡野相当恶劣。砍倒的松树和满地的水坑、碎石非常伤鞋。他们有很好的猎犬，因为我们没有错失一只"残疾"①。我们战绩最好的地方是在一个天体营附近，我们在那里看到一大群鹧鸪，一整年都没人在那里打过猎。我和另一个人一起，在冲击鹧鸪群时我们各打中了一只，然后在对付单独的鹧鸪时又打到了七只。单独的鹧鸪真的离我们很近。我们不得不用脚踢开它们，有两只直接从我们的双腿间飞走了。

我今天要尽量去搞到日落日出时刻表。

问候玛丽

非常爱你的
老鼠

---

① 【原注】残疾指受伤的鸟。

运气好,没有打到裸体主义者

致帕特里克·海明威
1952 年 2 月 5 日
古巴观景庄

亲爱的老鼠:

很高兴你去打鹌鹑了。你运气真好,没有用双筒猎枪打到裸体主义者。我们这里有国际打鸽子比赛。艾尔·奇诺赢了两场,何塞·纳利亚·库尔沃赢了另一场。我没有参加,因为我已经有一年没练了,现在没本事打到那么多鸽子了。现在射击练习是收费的,每打一只鸟收一美元,他们也不允许你带自己的鸟来打。昆特罗干供应鸽子这一行赚翻了。宝利可以半价供应鸽子,要多少有多少。

辛斯基越来越好了,唐安德烈斯在身体和精神上也更好了。上周六我们这里来了一种奇怪的小型飓风,也许它现在正向着你们而去。它从南方以五十五英里的时速袭来,同时伴有暴雨,然后在连续刮了三小时的大风之后,突然间风平浪静了。这场大风没有造成任何灾害,大雨对观景庄也是有益的。

现在北方一直有大量的人过来,有的带着介绍信,有的是老朋友。只要天气一转好,我就准备坐船沿海岸去南面的帕莱索过一个礼拜。在我重新写之前,我需要放松一下。

那天早晨和你交谈后我就给格格写了信，但没收到他的回信。

我是希望能有一个真正的假期，但我估计我只能在南部海岸放松一个礼拜。不过，坐船在水上的生活还是让我觉得更愉快。9月以来仅有一天出过海。

如果发生任何事情我没有及时回复，那将是因为我从明天或者2月7日礼拜五开始要离开至少一周时间。

玛丽问候你们两个。我也是。帕莱索之吻。

爸爸

寄出书籍和手稿

致欧内斯特·海明威
1952年2月26日
佛罗里达州基韦斯特

亲爱的爸爸：

我今天把书籍和手稿寄给你。我找不到诗歌的手稿。以后或许会出现的，但我表示怀疑，因为我已经把所有的东西都彻底地检查了一遍。我还在书橱里找到了一本埃兹拉·庞德的书，上面有作者写给你的亲笔签赠，我也把它打进包裹里了。我希望不会因为我寄得那么慢而耽误你什么事情。

很遗憾听到斯库里布纳先生的死讯。公司里谁会取代他的位子？多恩·鲍威尔在这里，她说她已放弃斯库里布纳做她的出版商。

关于你付给格格的钱，我想这与我无关，对吗？我很遗憾他没有给你写信。我从杰妮阿姨和简恩那里听到的是，格格和简恩2月里都要作为医科大学的预科生回到大学里去。艾达在帮他们带孩子①。随信附上一张简恩寄给我们的照片。

你有邦姆比和帕克的消息吗？我估计他们打算先去看望在新罕布什尔的哈德利和保罗，然后再去南方。

哈里斯先生觉得我母亲的财产到8月底应该有些眉目了。

我们给你的礼物你还要缴税，真太糟了。其中很多东西你也许根本不想要，尤其是鲑鱼子，我们原本订的是鱼子酱，他们却送来了鲑鱼子。请告诉我们关税多少钱，我们支付。

爱你和玛丽的

老鼠

(.) (.) (.) (.)

---

① 【原注】这里的孩子指格列高利的长女罗莉安·海明威。

不是干仓储业的

致欧内斯特·海明威
1952 年 2 月 29 日
佛罗里达州基韦斯特

亲爱的爸爸:

冒险给你寄书和手稿,我真蠢啊,但我确实是用航空挂号邮件的方式寄的(#10401,从基韦斯特邮局寄出,2 月 25 日),而且我包得非常仔细,最后用透明胶带封住。以下是包裹内容的清单。只有一个包裹。

《三篇小说和十首诗》,肯达克出版社,1922

《在我们的时代》,三山出版社,1924

《在异乡》,欧内斯特·海明威的短篇小说,打字稿或者是复写稿

《在异乡》,第二部分,打字稿或者是复印稿

《本奇利:形象和人》,打字稿

《死在午后》,打字稿的一部分,第一章等等

它们全都在羊皮绒的行李箱里。我还在书橱里找到了埃兹拉·庞德的书,它肯定也是你的,我想你也许会需要。还有不少书散落在书橱里,里面都有你的签名,这些书也许是你让布鲁斯寄书时忘记告诉他的,也或许是他疏忽了的。我可以把它们整理

好，装箱船运给你，也可以把它们交给你想让他保管的人。这些书、西班牙的桌椅、昆坦尼亚的肖像，是我能想出来的你在家里的全部财产，但是如果你想到还有什么我忘记了的东西，请告诉我，我会再去找，然后按你的吩咐处理。如果你想让别人来处理，请不要因为担心会伤害到我的感情而犹豫不决。他们处理起来也许更安全，因为我不是干仓储业的，我只是个无能的门外汉，开句玩笑。

爸爸，我知道这个世界上有很多无足轻重的人，但他们也应该得到应有的尊重。如果你觉得我是个无足轻重的人，觉得我只是闲坐在这里吊儿郎当，觉得我在觊觎你的财产，请你告诉我，以便我更好地认识自己，从而尽量去改善。另一方面从我的角度来说，我待在这里是因为我母亲的财产将在这个小镇处理，在我对自己的未来还没有想好之前，我觉得待在一个地方比到处旅行更省钱。我弟弟还未成年，在某种程度上缺乏责任感，所以我觉得自己必须具有一定的安定感，在我独立生活的地方，我希望有一种清爽的氛围，而且希望是我熟悉的环境。这个地方是我的家，就像二十年来的观景庄一样。我很紧张，也很犹豫是否要永远离开此地。我不想太快下结论，也不想做出糟糕的决定。我确实是太谨小慎微了，在自己给别人留下的印象方面太有自我意识了，与格格的太粗放、太无意识、太不在乎给别人的印象正相反。请原谅我的这些自我辩解。我觉得我们永远都是朋友，而且我觉得我们俩有一个共同点，我们都会去做一些并不真正吸引我们的事情，因为我们不想把事情搞砸，但结果还是搞砸了。

> 非常爱你的
>
> 老鼠
>
> (.) (.) (.)

你的哈佛朋友

致帕特里克·海明威
1952年4月1日
古巴观景庄

亲爱的老鼠：

你的哈佛朋友来这里了，你事先也没通知我，也没向我解释，我把时间都安排在接待他身上了，和他讨论了（非常严肃地，上帝保佑）他的写作。如果你读过他的作品，你肯定会有自己的想法。我很想听听你的意见。他似乎具有撒克逊人的优良品质。不管他们多么消极，他们总比巴伐利亚人来得好。

玛丽叫她在伯米吉的某个朋友和他妻子一起来拜访你。请不要以为是我让他们去的。但我肯定你会对他们以礼相待的。如果他们是玛丽的朋友，那我可以肯定他们是好人。但我不希望他们打搅到你和亨妮。

我把4月份的支票寄给了格列高利。除了两封出言不逊的信和上一张支票的收据,他没有再给我写过信。

做出你的判断

> 致帕特里克·海明威
> 1952 年 4 月 13 日
> 古巴观景庄

亲爱的老鼠:

感谢莱彻斯特的地址和两张支票,我是昨天收到的。我马上把格格的支票寄给他。他没有确认任何一张支票,自那封出言不逊的信以后,也没有写过任何信来。但我给他的支票都在我收到的结清支票内,说明他都收到了,而且都兑换成现金了。这是他 3 月 1 日的支票。我估计 4 月份结清的支票会在 5 月来的。很高兴听到这种单方面的通信状态将在 11 月份结束。

如果你原先计划在 4 月底前离开基韦斯特,你当然没有义务等着邦姆比,如果他没有消息的话。我也没有他的消息,不知道他是不是已经离开欧洲了。与此同时我待在这里等着他,而我原本可以去度假的。

你干吗不给他最后那个部队地址发个电报,问问他什么时候到?就我所知,他现在甚至都可能不来了。

他和格列高利都不喜欢写信,除非他们要钱或要别的什么东西的时候。不过这次也可能是邦姆比的命令改变了,要把老婆、孩子还有家当从欧洲搬回来可算是一项大工程，也有可能只是他粗心了。粗心真他妈的烦人。但是邦姆比一直是个心地善良的人，也一直待人友善，我在各种方面都很为他骄傲，我也原谅他不勤于写信。邦姆比做错什么事的时候，自己都知道，也会觉得抱歉。但我还是希望他能给你和我写信。

一个月脱离众人的生活，就因为把所有的计划都寄托于一个甚至都懒得给你写信的人，真是他妈的烦人。我真的很遗憾，你必须忍受这个。不确定是最不好的一件事情。

别担心日出日落时刻表。有一种二十五（美分的符号）的标准手册，里面还附有一张换算表。但是如果在基韦斯特没有卖的话，我们可以通过纽约买。我们还在吃你和亨妮送来的美味的熏制鲱鱼。这是我吃过的最好吃的鲱鱼，我连骨带皮一起吃下去。我们最近一次旅行时用一片小羽毛和猪肉皮的小罐头钓到几条几百磅重的美丽的石首鱼，还有红色，还有拿骚白斑鱼，围着珊瑚岬巡游的大鲷鱼。有一天，我和格雷戈里奥在一个半小时内钓到了十九条大的石首鱼和高鳍笛鲷。最大一条高鳍笛鲷有十四磅重。用很轻的钓竿钓这种鱼非常有趣。

今天（复活节的礼拜天）刮着很猛的南风，但我希望明天能出去。我想赚点钱的那笔生意仍然悬而未决。但大家都说它是稳赚的，而且看过的人都很喜欢这玩意。如果能成功，它将是一次真正的大成功。与此同时，我希望我们能甩开因邦姆比先生造成的不确定性，这样的话我就可以结束度假，或者是开始工作。

玛丽问候你和亨妮。那个来这里的人说亨妮腿上的感染永远都不会好。我希望这不是真的,我希望她得到正确的治疗。考利先生说这病不该拖得那么久,几个月前就该治好的。请让我知道这方面的消息,这样我们就不会担心了。

最爱你们俩的
爸爸

邦姆比路过这里

致欧内斯特·海明威
1952 年 6 月 7 日
阿肯色州皮戈特

亲爱的爸爸:

我收到一封布莱特先生的好信,立刻就回了。我希望他可以服用一些麻醉剂。

我上周学会了怎么开拖拉机,现在已经开得很好了,尽管我还没琢磨出来如何换挡。耙地当然是最轻松的一种耕作,但是只要你有一台带液压起重机的新式拖拉机,那即便是驾驭三铧犁也不算太苦的活。这里几乎很少用骡子或马,仅有的一些都被用作畜力条播机播种。两天前的傍晚,我在一块黄豆地里帮他们犁地时,看见了两只狐狸。它们走起来的样子看上去像两只大松鼠,它们每次朝着我们坐下来的时候,一口大白牙都闪闪发光的。它们出来抓兔子吃，而兔子是跑到地里吃黄豆的幼苗的。我注意到这里有许多鸽子，还有大片的稻田，所以应该有打鸽子的射击场。

邦姆比路过这里停留了一天，他想去非洲买一座农场，我想和他一起去。有没有什么在山上的农庄，一年四季都能安排耕种，而不是只种一种经济作物，像棉花、紫蓟或咖啡？请给我写信，因为这里不怎么有劲。

非常爱你的
老鼠

非洲总能挫败你

致帕特里克·海明威
1952年6月11日
古巴观景庄

亲爱的老鼠：

非常感谢你的来信，也感谢你给布莱特先生写信，以及你告诉我的所有的消息。我很肯定我们要卖掉第一块地的决定是对的，但有很多意想不到的事情会随之而来，而我希望你做的就是你自己认为对你最好的事。处在某个人的支配之下是一种非常糟糕的制度。我从来也不想支配别人。但你知道西班牙在做任何决定时都需通过军事政权和战争委员会的老一套，这是严重的致命伤。当三个人必须决定应该怎么做的时候，如果有一个人不表态不说话也不负责任，那么对那个会用大脑来为别人谋福利的人来说就是一件大好事。税务的事情你不用太担心。税务就像罗马诺岛上的蚊子。妈妈死后你们就成了她财产的百分之三十的持有人。但在我们离婚前我是百分百的持有人，离婚后就是百分之四十，我还记得我在西班牙一个字赚一美元的时候（但同样也是出生入死的），所有的钱都进了妈妈的银行账户，我从来都不碰的。等我从西班牙回来时，我以为我们有很多钱。但是钱都投进房子和游泳池里了。后来妈妈在房子上面投入了更多的钱。但钱都是我付的。但这笔巨大的开销是始于一片荒地的，一座荒废的房子，四周也没有围栏，卡车停在房子后面。打造一个舒适的家所需要的家具和所有的好东西，都是靠我众多的作品赚来的。现在流行的说法是我原本是一个穷光蛋，是靠法伊弗家的扶持发达起来的，我一直想不通这种说法，我和妈妈结婚时已经出版了《太阳照常升起》，紧接着我又写了《没有女人的男人们》《死在午后》《赢家一无所有》《有钱人和没钱人》以及《丧钟为谁而鸣》，我还给了她《老爷》杂志的五百股，每次古斯舅舅给我们礼物，我都会给他一部手稿，其价值至少是礼物的两倍。这个还只是当时的手稿价值。现在更加值钱了。古斯舅舅写信给我，说他要我的手稿只是为了开心，等他死后都会归还给我的，我还保存着那封信。但我估计现在这些手稿都在委员会的手里，如果他们还没有在估价后卖掉，或者转手给什么大学以便获取一笔税收利益的话。

史蒂芬太太和其他那些害虫肯定可以靠它过上舒服日子了。我确实是个不忠的丈夫,因此离婚时必须支付惩罚性的配偶赡养费。但我在一个不允许任何节育措施的制度下(不行,句号)忠实了七年,其中有六年是被迫的体外射精。你也结婚了,能明白我说的意思。我爱你的妈妈,我崇敬她,我爱她胜过生命里的任何女人。但我觉得我被这种制度打败了,我没有能力坚持下去了。无论如何,我的确在那种制度下维持了六年,而且我也没有抱怨。我现在也没啥好抱怨的,除了我认为这种制度相当野蛮。

让这一切都见鬼去吧。很高兴你和邦姆比见了面。他似乎还不适合给我们写信,不过我们现在可以通过你和太阳谷来获得他的消息。

关于非洲:我不知道那里现在变化有多大。这是一片在农耕方面总能挫败你的大陆,有季风呀蝗虫什么的侵扰。但那里是一片可爱的土地,适合居住、播种,那里的人都很友好,亨妮会喜欢他们的,他们也会喜欢亨妮。我觉得你可以在那里过一种收支平衡的生活,可以在那里进行我们喜欢的打猎和钓鱼活动。与世界上的任何地方相比,我更愿意生活在那里。

目前,我们生活在一个军事独裁政府下,而且你知道我从来都不擅长那种职业。如果你们俩要去非洲的话,我会和你们一起去。

希望这封信能给你带来快乐。罗伯托现在估计能活下去了。他大约失了三升半的血。(全部换血了。)在他奄奄一息的时候,他的表现很体面，也很开心，还给你寄了一封乐观的信。我从没见过一个濒死的人能这么从容，而且还能康复。如果有任何康复的迹象，我会给你消息的。

不要担心白头街907号①。我现在食欲正常。我们有钱买血浆，907号现在显然已成为一种投资。近来，投资的地位差不多就在溃疡和癌症的中间。我希望我会拥有我的书信和手稿。但我也希望把那些偷我书信和手稿的家伙关进监狱里去。这些小偷都能查出来的。这是一项棘手的工作，但我以前的生活也许会为之困扰。格列高利的妻子上个月来信告诉了我月度支票的新地址。她写了一封很客气的信，解释了格列高利因为太忙了没时间写信。他似乎在化学方面碰到了什么问题。我对他学不好物理向来很高兴，因为这样他就没法把什么原子的秘密兜售给他的朋友了。

在锦标赛上我和艾利信一起钓鱼，玛丽和简弗朗哥在汀基德钓鱼。他们钓得很吃力，我希望他们有"皮拉"号。但钓鱼是玛丽引以为豪的一件事，她的肚子里正酝酿着两条好鱼呢。她以前钓到过很多鱼，每天还游八百八十米。她和简弗朗哥都不怕大太阳。但连续三天每天十二小时实在累人。如果实在太吃力，我会尽量把他俩拉回来。深蓝的海水美极了，微风徐徐，各种鱼儿五彩斑斓。

老鼠，我希望你能在这儿，我们可以一起钓鱼。比起我小时候就认识的那些人，我更想和你一起钓鱼一起打猎，这并不是

---

① 海明威在基韦斯特的家庭住址。

因为我们是父子关系。

玛丽和我非常爱你和亨妮，辛斯基也爱你们，他昨天在这里，还有简弗朗哥。再次感谢你迅速且友好地回复了布莱特先生。

爸爸

热得受不了了

致欧内斯特·海明威
1952 年 7 月 6 日
加利福尼亚州洛杉矶

亲爱的爸爸：

对亨妮来说，阿肯色的天实在热得受不了了，于是我们 6 月 15 日出发从拉勒米和特温弗尔斯来这里。我在拉勒米和玛乔丽·库伯聊了聊，我们请她出去吃了午饭，向她打听了非洲的事。她儿子看上去很像库伯上校，两个孩子都说斯瓦希里语。有一座农庄在出售中，要一万五千英镑，离库伯上校的农庄很近，而且那里已经有了一幢房子，还种有咖啡树。我觉得值得去看一下。我在特温弗尔斯见到了帕克，她说邦姆比非常喜欢他在布拉格堡的新工作，他在那里参与军事行动，而不是只做辅助性的工作，所以他也许不想在 12 月份退伍。如果他和我一起去非洲，我会很开心的，但这对他来说比对我和亨妮更冒险。玛菲特看上去很像邦姆比的妈妈，但她的外公外婆给她喂得实在太多了。我没见着另外几个侄女，因为简恩和洛林去孟菲斯看简恩的母亲了，我们到这里的时候刚巧和她们错过了。格格身体很好。他给我找了份工作，和一个英国机修工共事，这样我就能学到汽油发动机方面的知识了，因为库伯太太说，拖拉机和汽车的售后服务在坦噶尼喀不太好。

在快要离开阿肯色的时候以及越野旅行的途中，亨妮觉得头晕得厉害。我们从皮戈特开了两天车到达丹佛，但她不得不在堪萨斯城卧床了一天。她现在好了，但上周在阿肯色时是107华氏度！令人心旷神怡的干爽的6月转为了旱季，现在需要的是雨水。

目前我的计划还不确定，因为我在等邦姆比的消息，我还不知道他到底会不会退伍。在收到消息前，我会一直在这里做机修工的活。有定期航船去蒙巴萨，下一班8月30日出发，船期五周，票价六百五十美元。

非常爱你的
老鼠

在雨季来临前评价这片土地

致帕特里克·海明威

1952 年 7 月 10 日

观景庄

亲爱的老鼠和格格：

非常感谢你们和你们的来信，格格，感谢你告诉我邦姆比的地址。原谅我把给你们俩的信合在一起写了，因为有那么多消息我想尽量告诉你们俩。所以我写了下面这些内容。

上周五和上周六邦姆比在这里，礼拜天的一早又回布拉格堡了。他决定留在部队里，参加常规军。我认为这是一个明智的决定，因为只要他还是个预备军官，他就不可能在日常生活中从事正式的职业。他必须随时响应号召，而且由于他既年轻又训练有素，作为部队里的一名专业人员，他在接下来的好多年里都会被征召。在过去的两年里，他在法国的工作中一直表现优秀。如果他在常规军里能够保持上尉的军衔，战争时期就能做到上校或准将。总之，由于他手上有一副**优秀**的牌，他在部队里一定会步步晋升。他来看我之前就已做好了决定，我赞同他的决定。

邦姆比的情况就是这样。他很好，很健康，精神很好，但稍微有点胖。他要去做战地的工作，所以他的体重会下来的。我们一起坐船出去了，当然因为这是几个礼拜以来的头一次，所以我们一无所获。他接下来要和帕克及女儿一起南下。她们将在7月13日和他会合。

如果你准备8月20日动身,在海上要航行六周,这样在雨季来临前你就没有多少时间来评价这片土地,好好地看一看它。但是如果你想从一整年的角度来好好地了解这片土地,你可以在那里待上一个半月的雨季,然后可以看到雨季过后的样子。不过,季节变换肯定是不舒服的,就像基韦斯特一样。就我所知,世界上没有一块地方不会在某个季节变得酷热难当或严寒刺骨。所以你要么选择不同地方的好时节,要么在季节变坏的时候依然坚持在原地克服。知道在某段时间气候会变坏是大有帮助的,这样你就能回避掉它。但我不明白,你怎么可能在8月20日动身去东非,在船上花上六周时间,还能有足够的时间可以彻底地考察一下这片土地,还不会遭遇到一个短暂的雨季?

这个话题就写这么多吧。当年在库伯农庄一带的时候,我一点都不喜欢那里。那里永远不可能是我会选择居住的地方。不过等你到了那里,你自己就会看见那里的一切。我觉得你应该去看看肯尼亚的各个地区,不要只看坦噶尼喀一地。我会说东非有些地方要比迪克生活的巴巴蒂一带好得多,就像以前克拉克的福克乡间要比科迪什么的好得多。不过现在那里有了很大的变化。猎物已经绝迹了好多年,以前那里有好多,帮助过无数来此定居的人。你只能通过仔细地观察来评价你想要居住的那片土地,当短暂的雨季来临时,如果有人觉得"原来非洲就是这样的",那就悲剧了。

我建议你去看看菲利普·帕西法尔，他是我和妈妈的一个好朋友，如果可能的话在他家住上几天，让他告诉你这片土地风貌迥异的各处，各自好在哪里又不好在哪里，让他给你安排一下，去哪个人的农庄做个付费的访客。那样你就可以去旅行，去四处看看。但是说真的，我觉得你会找到比巴巴蒂乡间更适合居住和农耕的地方。不管怎么说，不要急匆匆地买下一块地，不要除了谋生以外什么也干不了。不要陷入只有拼命工作才能保住财产的窘境，这样你就没时间去玩钓竿或猎枪了。如果你能过上舒适、健康、愉快的生活，那么你为之付出的一切努力包括挣钱都将是值得的。

我最好马上把这封信寄出去，这样你就能及时收到这些信息了。

我会写信给你和格格的。还必须给邦姆比和玛丽小姐写信。她的父母健康状况都不好，不过她父亲目前暂时好一点了。在我今天收到的第一封信里，她说她还在估摸情势。

非常爱你的

爸爸

如果你想好好考察一下非洲，老鼠，你该做的就是到那里去。不过，我想我应该给你一些我还记得的关于雨季的信息。

我将乘货船去旅行

致欧内斯特·海明威
1952 年 8 月 12 日
纽约州纽约

亲爱的爸爸：

我将乘货船去旅行，现在预定是这个月的 29 号出发，因为到蒙巴萨要花上一个多月，我很可能刚巧和那个短暂的雨季撞个满怀。我仍在等已申请了很久的移民签证，当然，也有可能到了开船的日期签证还不下来。在听了你说的巴巴蒂的情况之后，我申请的是肯尼亚殖民地，不是坦噶尼喀。还因为我觉得在那里更容易找到一个种植混合型作物的小型农庄，那里离欧洲人定居点的中心也足够近，这样农庄里种的作物就会有市场，不用依赖于咖啡和亚麻的欧洲行情，以前有很多人都为此破产了。我觉得你让我去看看帕西法尔先生的主意非常好，我会非常谨慎地买地的。就我听到的全部消息来看，现在肯尼亚的地价涨得飞快，因为有大批的人在战后去那里。真作孽啊，就我看到的忽雨忽晴的天气和蝗虫成灾的情况而言，那里不是一个理想的务农之地，更别提距离任何一个全球贸易市场的遥不可及的距离。

我们很开心地去看了一次格格，但没看见简恩，她去孟菲斯探望她妈妈了。格格看上去身体不错，还在执着于想当个医生,但不像过去几年里那么自我中心了。海岸上疯狂的风雨对他并没有多少影响,他住在一幢很美的房子里,和大学只隔了几条街。隔壁那家养了两只孔雀,晚上又能听见那种熟悉的叫声真太妙了。格格也参加了一个后备军官训练队,在一个陆军部队里,所以等他大学毕业后他就是一名军官了。我觉得他在和他的毛病做着相当孤独的搏斗,尤其是在晚上,但他对此绝口不提,我也一点没有和他谈起此事,因为他每周都去看医生的,而且我对此一窍不通。

我们会在纽约一直待到开船,亨妮会一直住到秋天,然后去基韦斯特收拾行李准备去非洲和我会合。我希望到那时我已做好安排。

告诉玛丽我们就住在美国果园协会的对面,如果她想知道我们的情况的话。

非常爱你的
老鼠

原谅这封很蠢的信。下次会写得好一点。

对非洲有点紧张

致欧内斯特·海明威

1952 年 8 月 27 日

纽约州纽约

亲爱的爸爸：

所有的官方手续都已办妥了，当然我明天还得去拿公共健康服务站盖了章的接种卡，后天就动身了。下面是全部的地址信息，以防你在电话上听不清楚，因为有时候你传过来的声音非常轻，估计我的也一样。

从我能看到的消息来说，我想我会在内罗毕西北部的高原上找一处地方，适合种玉米和一小片咖啡林的。在那样一个地方，你可以养猪养牛，种蔬菜，来自咖啡的一点点现金收入可用来支付税金、工资什么的必要开销。不管怎么说，我主要考虑的是找到一个愉快的地方居住，那里还得留有一些猎物。我肯定不会去搞什么大面积种植作物，因为从长远看对于一个不擅长大规模经营的人来说，这意味着毁灭。不过，所有这一切都基于实际看过了这个地方之后，所以现在别太在意我说的，因为我还没看见呢。我很高兴自己至少在阿肯色积了点经验，尽管那里算不上是美国的风景胜地，但是是一个务实的、非绅士的农业基地。

亨妮和我身体都很好，不过当然对非洲有点紧张。你肯定在忙于出书的事情，不过我知道这本书一定会取得成功，因为这里大家都在谈论它。艾森豪威尔对这里的美国军团做了一次演讲，给人留下了阴郁的印象。即便是他最忠实的支持者也觉得，这篇演讲缺乏他们所期望的那种伟大的气质。

问候玛丽。

非常爱你的
老鼠

值一千条新闻报道

致帕特里克·海明威

1952 年 9 月 22 日

古巴观景庄

亲爱的老鼠：

希望你旅途愉快。你一定需要许多阅读材料。我给菲利普·帕西法尔发了电报写了信，告诉他你要搭乘的是哪趟船，还说了你会和他联系的。

玛丽今天收到一封亨妮的来信，信上说她曾在乔堡试图打你电话，让你回家，因为在你走后巨恐鸟的生意"破产了"（她的原话），她确信帕特能够照顾好自己，所以现在要去某个偏远地区的话，肯定是没有什么问题的。

如你所知，老鼠，地面侦察值一千条新闻报道。比如，你能够在报纸上读到在某地一切都安稳平静，而对两个月里发生的两次持枪抢劫绝口不提。坏消息。报上也不说迪克·希尔不得不和偷光了他的火鸡又回来要偷他的一千只小鸡的一伙匪帮持续开火了一个小时。也不报道每晚都在发生的抢劫。

亨妮被报纸上看到的什么消息搞得很生气。我们在电话里谈了此事。你和我。如果那边的情况不好，你到那里后会知道详情的。与此同时，你好好在周围转转，找点乐子，好好地打几场猎。去了非洲却没有好好地打过猎简直就是罪过，哪怕那里剩下的猎物只有很难见到的巨恐鸟（如果我拼错了，总是会纠正过来的）。如果你喜欢那里，如果你觉得那里的一切都很危险，请告诉我，我会去那里陪你。即便情况特别糟糕，我不用速可眠也能睡好的。不过，你要仔细地观察一下那里，好好地享受一下。等鸭子过来的时候，不要让任何女人把你从伏击点拉出去，不要听她的话因为赶不上晚餐时间而放弃掉能钓到一条大鱼的机会，也不要为了她而放弃掉绘画或任何东西，不管你有多爱她，也不管她有多好看。

如果你收到消息说亨妮流产了，那不是真的。她在9月初写信告诉我，她将在4月份生孩子。就连温彻尔也没法预言这么遥远的一件喜事。她刚写信给玛丽，告诉她自己流产了。正确的说法应该是她有一次经期没有来。许多女人会有一次或两次的经期不正常。因为所处的海拔的变化，因为紧张或许多别的原因，我都见过。不过，这一般意味着她们的肠胃功能发生了一些紊乱。一个月前，玛丽小姐肯定我们即将有小孩了，她非常高兴，因为她开心所以我也觉得很开心。但我知道这是不可能的，因为那次她在卡斯珀做试管婴儿的时候我正在接受输血，她为此差点连命都丢了，而我看见了别的输卵管的状况，我就知道她永远都不可能怀上孩子的。在支付了相当昂贵的医疗费、遭遇了很痛苦的一段经历之后，这一点最终被纽约最好的专家证实了。我对亨妮的身体状况一无所知。作为你的父亲，我只是在告诉你不要因为错过了一次月经而担心她怀孕了。它也可能是别的情况的征兆。有很多女人错过一两次月经，但并没有怀孕。不知道我怎么会去写这种妇产科的东西，但是作为一个已经做了32年丈夫的男人，我会把我认为有用的任何知识都告诉你的，所以你不用担心。在纽约，任何女人只要有钱，总能找到一位愿意为她检查一下肠胃的医生。

在拓荒时代，一个男人可以娶十二个女人为妻，也不需要离婚。给女人的工作条件也是精心挑选的。给男人的也是。但还有一些老问题遗留下来。这个话题就到此为止吧。

天哪，我真希望我现在就能和你在一起，尽管我认为你孤身一人去闯荡一番更好。

我的书似乎卖得挺顺利。大约百分之九十八的评论都是好评。我和评论界交道打得实在太好了，所以我甚至在期待着不久他们将展开一次全面的大反攻。他们也许会重组武装起来的头脑。因为在写作方面他们斗不过我，所以这次他们很可能拿我的私生活开刀；这个公开的老阴沟洞。做一个土生土长的美国公民真好。那样他们就不能以道德败坏的罪名来合法地指控你。我对性变态从来没什么兴趣。但这并不意味着他们不能以这种罪名来谴责你。某人也许能证实我整天和纪德打得火热，还有那个凯瑟琳·巴克利真的是普鲁斯特的私人司机；也许她是布鲁斯。看一下我的那封信就可以证明，布鲁斯·布朗随身带着我的信，为了在最豪华的宾馆里获得赊账的资格。对于一个研究学者来说，要把托比·布鲁斯和布鲁斯·布朗混淆起来根本就是件不费吹灰之力的事。

胆怯；当然。看你的爸爸是如何从英国逃到了法国，为了躲避V型飞弹，然后又逃到了第三军前头，为了避开乔治·帕顿。我们仓皇地逃入德国，在恐慌的状态下穿越了齐格弗里德，又在外伤性精神病的侵蚀下进入了卢森堡，我们的大脑虚弱不堪，我们反对冯·伦德斯泰特博士的智能化设计，最后我们自杀式地进入了赫特根。这一切真丢脸啊。

你无法战胜评论界。但我们这次肯定是压倒他们了。

我想要离开这里，但我担心当地的巨恐鸟的形势令人烦恼。有天晚上，有两个人站在玛丽小姐上了锁的门外，一个人拿着我的SS匕首等着我出来。他扔掉香烟屁股，拿起了刀。另一个乱掸雪茄灰，撬开橱柜，什么都偷，把房间里的东西搅得乱七八糟。玛丽和我在海上度过了漫长的一天，那时正在睡觉。到目前为止，他们总是在大约三点半到四点半之间来，于是我们就在那个时间段设下陷阱，不睡觉。但是，一个从事写作的人需要良好的睡眠。这种情况实在太痛苦了。

不过，你还是好好观察事物，好好地打几场猎。不要觉得花在这方面的钱是一种浪费或损失。

玛丽小姐后天要去纽约待一个礼拜,摆脱掉巨恐鸟的事情(她需要好好休息一下),去看看演出,享受享受,她会去看亨妮的。

下次我尽量给你写一封更长更有趣的信。要是对方受到了惊吓,你往往可以用极其便宜的价格买到东西。我们在印第安战争里耍的就是这种手腕,但是你必须记住以前的西部并没有那么多印第安人。不过在一定时间里,机遇是差不多的,而通信线路则会更长。努力学习斯瓦希里语吧,如果有时间,还可以学学方言。

活得开心,亲爱的,不要担心,给我写信。

玛丽和我都非常爱你。从邦姆比和格格那里收到的消息全都是好消息。

爸爸

令人难以置信的国度

致欧内斯特·海明威

1952 年 10 月 15 日

肯尼亚内罗毕

亲爱的爸爸:

感谢你的来信。他们派出了领航艇,领航艇和港口的入口真的非常漂亮。帕西法尔先生收到了你的电报,给我的船上写了信,所以我今天下午要去马查科斯。但我必须记住关于客人和鱼的那句古老的意大利谚语:*dopo tre giorni puzza*。①

真希望我可以告诉你一些关于巨恐鸟、农业等等的消息,但我也是在坐了四十三天的美国货船后在 12 号才刚刚到的。我在托雷多卖掉了我的车,威利·奥弗兰的工厂就在那里,换了一辆四缸四轮驱动的皮卡,随即就开着它上路了,这样我才得以在两天里从蒙巴萨来到了这里。他们在察沃那片吃人的土地上开出了一个国家公园,我在姆蒂托·安代伊折向左边,去看由火山岩形成的大泉水,察沃河也有一部分形成于此。这是一个热带版的爱达荷州的蓝湖,河水晶莹剔透,水里没有鳟鱼,只有河马。大约在五点的时候,我沿河往回开,运气很好,看见了许多猎物。一头狮子追着一群斑马穿过了马路,距离我的车大约八英尺之遥。它看上去那么兴奋激动,就像威利看见了挂在架子上的肉。有许多水羚、瞪羚和斑马,还有那么多犬羚。在回去的路上,当时天刚刚暗下来,我还看见三头巨大的黑象站在河中央。我下了车,走到距离它们五十码开外的地方,它们扬起了长鼻子,扇扇耳朵,四条腿前后摇晃着,随即就转身离去,消失不见了。这一刻我觉得非洲是个很不错的地方。在大白天里就可能幸运地看见山楂树下躺着一头犀牛,一只耳朵抽搐着,两只尖角在暗影里。公园的大部分地区都是厚实的荆棘丛,不过他们想通过焚烧来改

---

① 【原注】意大利语,三天后就会发臭。

善这片土地，为了在这里繁殖平原动物。

昨天我开车在姆格诺山兜风，看出去的颜色就像戴了一副墨镜，但问题是你并没有戴墨镜。整个地区如同一幅中国画，树枝上甚至还有翠鸟。有漂亮的猎鹰，还有一只苍鹰。看上去是猎鹰者的理想家园，这么开阔的一片土地，有着鹧鸪、大鸨之类的鸟。在大山的西侧，我看见了三只大鸨和两只鸵鸟。

爸爸，这是个令人难以置信的国度，如你所知，我肯定愿意在这里生活，如果最终有这个可能的话。

我爱玛丽和观景庄。

非常爱你的

老鼠

如果可以的话我会住在这里

致欧内斯特·海明威

1952 年 10 月 17 日

肯尼亚波萨

亲爱的爸爸：

我在帕西法尔的农庄里已经住了两天了，他们对我非常客气。他给了我许多很好的建议，其中最主要的应该是在投资任何事情之前都要深思熟虑一下。他脑子里想到了某个地方，是在一个又热又干的地区，他说你在那里晚上能听到三只狮子的吼声，另外还有犀牛和大象，他认为这对牛肉供应有好处，你会愿意去碰碰运气，看看能否找到水源，他觉得你也许会感兴趣的，但他不想推荐给我，因为风险太大。正如我所料，他给你写信了，他感兴趣的是菜牛，而现在要以合理的价格搞到足够的地（他考虑至少要两万英亩）是特别困难的一件事，除非像上面提到的那种冒险。不过，他准备给我介绍在农牧业领域的一些专家，这样我也可以学到一点那方面的知识。他对种庄稼不是很热情，因为这得依赖于当地的劳工，而且市场价格也会起起落落。不过他说现在真有人在这方面赚大钱的，价格都太高了。我很不确定自己会去做什么事情，但我希望自己以后在这方面能更懂行一些。

昨晚一只鬣狗跑进了有许多小牛的围栏里，咬死了一只，咬伤了两只，他们今晚为它设了一个陷阱，就像荷兰人在一周前设的捕狮子的那种陷阱，在他给你写信的时候那只鬣狗还在附近。

我到的那天晚上，迪克·帕西法尔带我去河边打鸽子，这非常像以前在观景庄的夜游，在他们把那片腹地榨干之前。我们看见了相当多的鹧鸪和沙鸡，但我们没有随身带枪。

爸爸，我觉得你会喜欢这里的（你当然见过这里，你见过的比我多得多），如果这里有一块好地。如果我应付得来，我肯定会住在这里的。斯瓦希里语太难学了，也许是因为最近我在语言方面用脑过度了，以至于对于同一个意思的不同表达有了抵触，不过我还在努力学习，而且从理论上来说，这也不是一门很难的语言。要在这里生活的话掌握这门语言当然是一个关键，我真蠢，没有早点开始学。

此刻阵雨即将到来，而昨晚在帕西法尔先生的女婿家看到的落日，是在西边天空的乌云下的一大片红晕。周围的一切都是棕色的，早晚特别凉，甚至在白天都是阴乎乎的，我一直觉得现在是秋天。

爸爸，请给我写信谈谈社交礼仪，因为有时候我不知道自己的做法是否合适。我会感谢你的，因为我在最近的15年里读过的各种没多少价值的学校里，并没有学到这个方面。

我现在正站在阳台上伸伸腰腿，看着离我一码之遥的四只鹧鸪。

我爱玛丽。

非常爱你的
老鼠

美丽但也有点邪恶

致欧内斯特·海明威

1952年11月16日

肯尼亚索山布

亲爱的爸爸：

我想，也许以空运的方式从基韦斯特把钓鱼竿寄给帕西法尔先生是最快的。请告诉我价钱和运费，我会立刻给你开一张支票，因为我希望这是我的礼物。

我现在离开了帕西法尔家，因为在12月亨妮和所有的事情都定下来之前，我想多看看这片土地。我在德拉梅尔庄园和经理人杰拉德·罗默先生待了一个礼拜，这里是一片开发得很不错的地方。昨天我去看了德拉梅尔庄园主的坟茔（他被安葬在他的两个妻子中间），还有奶牛、公牛、小牛、小母牛等等。前两天我帮他们把几只生病的羊羔送去了卡倍特的兽医站，然后又北上去了基拉戈普，就在阿伯德尔森林边缘的那片小麦地，还去了巨恐鸟的躲藏点（不过，一只也没看见）。

他们这里养了一只鹭鹰作宠物，看它试探、威吓一只小小的暹罗猫很是有趣。小猫一开始对它发出的嘶嘶声很感兴趣，但之后它追着鹭鹰满地跑。这座庄园里没多少猎物，因为那些小围场是用栅栏隔开的，但是你能看到南面的埃尔门泰塔湖面上成群的火烈鸟。这片土地非常美丽，但也有点邪恶，就像犹他州。

我觉得等你来这里的时候，巨恐鸟应该还在。乡下显得非常平静，不过昨天白天汤普逊瀑布附近的一个农场遭到了持枪袭击。到目前为止最有趣的事是，有个农场主在房子遭到袭击的时候，用手枪开了两枪但都没打中，随后他又跑去拿了一支猎枪，然后误打中了他的管家。我想这还谈不上真正有趣。在另外一个地方，两只凶猛的罗德西亚猎狗咬伤了夜间的警卫，但在第二天发生抢劫时它们却睡得死死的。

我敢肯定玛丽会喜欢这个地方。

非常爱你的

老鼠

你写得那么清晰那么好

致帕特里克·海明威

1952年11月26日

古巴观景庄

亲爱的老鼠：

收到你从德拉梅尔庄园寄来的信，简直太高兴了。你应该好好地看一看周围。每次收到你的消息都令我高兴，因为你写得那么清晰那么好，就像我亲眼见到了一样。巨恐鸟的事情实在太有趣了。从一个大的视野来看，这事一点都没趣，许多个人的事能变得很恐怖，一点也不好笑。但我从来没见过一场战争，或者任何一场或大或小的战斗，其中没有包含着非常可笑的元素。也从没见过一个不会嘲笑战争或任何一件真正的坏事的人会成为了不起的人物。

莱斯和艾尔·霍维兹要在12月15日过来，也可能更早一些，他们会带来一份电影的合同，会尽量促成此事。[①] 这本书卖

[①] 指《老人与海》的电影改编事宜。

得很好，等到过了第一年，我应该就能和斯库里布纳脱钩了，到时候在你生病期间以及为了支付始料未及的税金而借的钱就都能还清了。除了两万一千美元以外，别的债都还清了，而这本书因为是月度好书以及斯库里布纳的别的钱，总共赚了两万美元，现在已经收到这笔钱了，接下来要付这笔钱的税和斯库里布纳的税，余下的钱足够我去非洲了。斯库里布纳期待这本书能长期畅销。他们已经开始打广告了，他们还引用了B.贝伦森说的很好的话，这令我十分高兴。

邦姆比过得不错，工作很努力。他现在接受常规的跳伞训练，他喜欢跳伞，他在特别集团军里表现得很出色。我们邀请他和他妻子来过圣诞节。他之前不能来，因为这里在流行脊髓灰质炎。不过，他们也许会有别的圣诞计划，如果那样的话我们从非洲回来后就来这里。邦姆比会定期来信，我们这个礼拜天要通过他的某种短波收音机设备来和他、帕克，还有他的女儿通话。他听上去好极了。

我通过巴克莱银行订阅了六个月的《纽约客》，你喜欢的任何杂志我都会订的。你和亨妮喜欢什么杂志，就请告诉我。

等我们回来的时候，估计会把我们寄给你的武器都留在那里的，也许会带走我的那支打鸽子的大双筒猎枪，因为也许在回家的路上有机会在法国打猎。

我不想影响你的计划，但是如果你和亨妮想和我以及玛丽来场静悄悄的、不被人打搅的狩猎，我觉得我们一定可以玩得很开心的。

本地的矛矛党遭遇了一场挫折。有四个矛矛党打碎了六十二岁的加列戈·博德赫罗家关着的窗户,闯了进去,揍他,折磨他(把他家搞得天翻地覆),逼他说出五万块钱藏在哪里。然后用电线勒死了他。不过,这四个家伙全都被捕了。到目前为止,有两个据报道已死于上一场的北风。他们本来有可能会是我们的客人。不过,格雷戈里奥和科西梅罗在几天前的一个晚上又抓住了四个,连同他们藏在港口后面(向着河流的方向)的高山的山洞里的全部赃物。

我们昨天坐船出去,为了继续我们在钓鱼方面的好运,但是随着一股北风的到来,一切都成了泡影。我犯规地在一条大马林枪鱼的背鳍隆起处挂上了钓钩。它开始疯狂地在新的汽车轮渡大码头的水面上逃窜跳跃,我们不得不几乎冲到船头去让它平静下来(冲上了钓鱼线)。它平静了下来,但随着下午的浪头涌起和猛烈的东风吹来,我把它提起来的时候钩子脱落了。它就像一块木板一样宽阔。我们也许不用凭借轮渡就能抓住它,但它也有可能逃脱。

关于可能要进行的狩猎:到时候你就会知道亨妮是否喜欢这种事。我觉得玛丽会喜欢,但在我告诉别人要怎么怎么做时常常会陷入困难。彬彬有礼应该是理所当然的。你不能一直说:"琼斯太太,如果您发发善心,请您先打这第一头动物。"或者说:"我亲爱的帕特里克,左舷支杆的鱼线掉下来了,请你拿好它,放松一点拉力,给鱼儿一次机会,让它能好好地把鱼饵吃进嘴里去,然后请你小心地控制拉力,聪明地钓住它,这样我们也许就能获得一份有趣的标本。"

如果我们看向船尾的话,你,或者更像是我,很可能会说:"拿上右舷支杆,老鼠。放足了钓线,等你感觉到它在飞快地游出去时,狠狠地拉住它。"

玛丽和我钓鱼钓得很顺利。外出狩猎时,如果我们一定要有一个白人猎手[①]的话,我总是让她和白人猎手在一起狩猎。我并不想打什么特别的猎物。我还想要两种动物的脑袋,捻角羚和林羚。不过这都不急。我情愿带支枪四处转转,只打那些我们要它的肉的动物,我尤其喜欢打飞鸟。

上次我们在非洲的时候,我们总是忙于参加各种不同的竞赛,这次我想在外面野营,在一个好地方待上一阵,吃些我还记得的美味的食物,打一些鸭子、沙锥鸟、鹧鸪、小一点的大鸨,还有珍珠鸡,多走点路。因为我们不再经常来这儿,所以这片腹地就发展成这样了。

抱歉用这么长这么无聊的一封信打搅了你,老鼠。昨天我们钓完鱼后,吃了一顿很丰盛的感恩节晚餐。

玛丽问候你。

(.)

爸爸

---

① 非洲游猎活动中充当专业导猎的白人。

你介意我们来看你吗？

致帕特里克·海明威
1953年3月3日
古巴观景庄

亲爱的老鼠：

菲利普写信告诉我，你在坦噶尼喀的南部高地买下了一块地。自从亨妮到达后，就没再收到过你的消息。玛丽收到了一封亨妮写得特别可爱的信，信里说到了你买的地和你作的旅行，但既没有时间也没有地址，因为我给内罗毕写的信没有收到回复，她还在等着亨妮的收信地址。我会把今天收到的莱斯的信上的最新地址告诉她。邦姆比来信问我要你的地址，我今天寄给了他。

老鼠，我希望你能花点时间回答一下我在11月份问你的那些问题，关于如何把那些东西运出来，最好不要空运，关于你的汽车的情况，什么牌子什么式样的，花了多少钱，等等。对我们来说，现在去非洲已经太迟了，最起码要等到春天的雨季结束。我一直在等待，想着你会给我消息，想着利兰·海华德会来找我谈《老人与海》的电影改编事宜。已经谈过三次了，每次都没能成功。这真的不是他们的错，因为好莱坞已经进入了一个完全恐慌的状态，因为他们要转向，或者说也许要转向立体电影。但从技术角度来说，我觉得问题已经解决了，因为合同都订好签好了。然后又完全改变了。然后又再次改变。利兰打电话给我，要我给他、他妻子和斯宾塞·屈塞①预约周五、周六和周日三天。他是周四打来要预约的（几乎不可能取消）。他不得不飞去西海岸。与此同时，其他的版权转让协商都已终止。上周四他打来电话，当时他刚从西海岸回来，一切都很好，他写得很完整。今天是一周后的礼拜四，我什么消息都没收到。这是我生命里的一个不可以浪费掉的冬天，我本可以过得很愉快的。

如果你有时间，如果你觉得我想知道你住的地方像啥样子，它在哪里（到地图上去找），你觉得那里是否适合钓鱼，我是否要寄书给你，或者帮你订阅杂志，这些需要有固定的地址，你有什么错过了的而想看的杂志吗，简而言之，你是否有时间，或者不管有没有时间都能够花上点时间，来给我写一封信，来回答我之前问你的以及在最近几封信里问你的问题？

那个国家是什么样子的，亲爱的？在那里打猎能打到什么？你会介意我们来看你吗，如果我们住在当地的旅馆或者在某地露营，不去打搅你的话？

菲利普希望我们过去，住在马查科斯。我们总能安置一些帐篷，住在那里，就像我们上次做的那样。

你和菲利普打过猎了吗？他很喜欢你的。另外，你能告诉我你现在生活的地方什么时候是舒适的季节吗？我知道在肯尼亚

---

① 斯宾塞·屈塞饰演老渔夫圣地亚哥。

现在青草还长得很高，7月份也有可能冷死人。但是如果我真的要去非洲或任何地方的话，我必须制订明确的计划，不能仅仅依赖于别人方便的时间，做别人要做的事情。

邦姆比很好。前天收到他一封写得很好的长信。一开始他接受了很困难很危险的训练，现在他已经做了教官。他要做到3月底，然后他们都要来这里待十天。我觉得他很适合正规军。我收到了陆军参谋官戴夫·布鲁斯等等的信。

和玛丽在非洲训练徒步和射击，练得很苦。打到了很多沙锥鸟、鹌鹑和鸽子。玛丽打得很好。她得了严重的流感，但现在已经好了，现在她很开心。

前几天的周日我们去了溪流，钓起一条很好的白色大马林鱼，但它只是在和钓饵戏耍。后来我们钓到了几条鲯鳅，肚子里满是飞鱼和沙丁鱼，这也解释了为什么那条白色大马林鱼不饿。整个冬天溪流里既没有鱼也没有鱼饵，而且在佛罗里达是一场接一场的北风，尽管一般来说它们不会挪地方来这里。迈阿密的气温大多在46到48华氏度之间。哪里都是不适合旅游的季节。

没有收到格列高利任何形式的消息，自从他在努力成熟起来之后。

玛丽和我问候你和亨妮，祝你在那个地方好运。森尼阿姨的丈夫因心绞痛突然去世了，留下一笔意外伤亡险。她准备要继承一点我母亲的财产，但那要等到所有的财产继承人，甚至是法律意义上的继承人，都签好了弃权书之后才能实现。所以请把你的那份弃权书立刻寄给遗产执行人。我能继承的任何东西都将转让给森尼阿姨。从加里·哈里斯的信里你就能知道,妈妈从我这里继承到的我母亲的财产的现金部分去了哪里。我想帮助森尼重新振作起来。带着个还在上学的小男孩,日子也够难的。但是,如果我能一直用写作来取代养鸡事业的话,那么任何重担我都能分担掉。

我他妈的相当肯定我想要摆脱这个养鸡事业,去看望看望像菲利普这样的老朋友,在我们两个都去世(这是你的说法)之前,让你带我看一看一片崭新的土地,开开心心地享受享受。

我唯一不想看见的是格列高利对着我大呼小叫。

爸爸

我们买下的农庄

致欧内斯特·海明威

1953 年 3 月 23 日

坦噶尼喀(坦桑尼亚)达累斯萨拉姆

亲爱的爸爸:

我们买下的农庄在伊林加的西南部大约五十五英里处,非常靠近绍山,就在南方高地俱乐部的马路对面。占地面积大约二千三百英亩。

在海拔高度大约六千英尺、南纬八度的地方，气温大约和肯尼亚海拔七千英尺的地方相同。在 1 月份的晚上，气温会跌至 55 华氏度，在 7 月和 8 月还会来个一两次霜冻。

雨季开始于 11 月，一直持续至第二年 4 月，尽管在 12 月和 2 月只有零星小雨。在正常的年份里降雨量大约为四十五英寸，但今年整个东非一片干旱，北部的省份会出现饥荒。这个地方适合度假和种植水果，但运输费用太贵了，艾菊成了最适合这里的植物。沿河栽种会长得很好，因为在旱季那里的土壤里也饱含充足的水分。这里已经种植了一些果树。柑橘和生梨似乎种得最好。生梨的个头巨大，就像西北部的那种。现在在庄园里种的果树有生梨、桃子、李子、桑葚、番石榴、鳄梨、西番莲以及芒果（在这个高度芒果长得不太好），还有苹果。咖啡和茶叶在这里都种得很好，但我不觉得它们具有很高的经济价值。

除了小片的硬木处女林，这里还种着大量的外来树种。有一棵高大美丽的桉树，树干两英尺粗，一棵金合欢树，几条路旁种着法国南部银色含羞草的大道，澳大利亚槭叶瓶木，墨西哥柏树，甚至还有零星的松树（在东非非常罕见）。有两个英国将军埋葬在这里。

房子是围着庭院建造的，除了房顶以外都很漂亮。每个房间里都有壁炉。厨房，在做了三年的本地的看门人之家后，真的是难以形容。玛丽会觉得恐怖的。房子的外面满是盛放着的爬藤玫瑰。但是外面那种极为常见、我渴望看到的美景，这里却没有。不管怎么说，本地的硬木非常好。我在东非别的地方都没看到过。它们真的是适合"绿厦"①的树木,笔直高耸的树干,巨大的树冠,美丽纤细的灌木丛,柔软如垫子一般的地面,当然,还有那两个埋在地下的将军。

因为你已经去红海旅行过,我觉得你会喜欢从好望角开车过来。这一路上的道路都很平坦,汽油和美国差不多价格,因为有汇兑的差价。这和从肯尼亚北部到地中海的艰难旅程简直没法比,不过倒是有点像30年代去西部的那种路途。这种旅程用别克旅行车绝对是没问题的,等你到了坦噶尼喀的南部,我会让你开我的卡车去狩猎,因为北方大道从我的农庄这里经过。去好望角很方便,有很多蒸汽轮的航班,哪怕坐货轮也只要两个礼拜,即使你从哈瓦那直接过来,我也不会吃惊的。从好望角开车过来会很有趣的。如果你在4月或5月抵达的话,就能领略整个秋季,从那时开始接下去就全是旱季。沿途停车可以看看乔克丛林和克鲁格国家公园。

如果你真有兴趣,请来信告诉我。在哪里住宿比较好,从好望角开车到这里要花多少钱,我会为你去打听这些消息的。走尼亚萨兰线要比走罗德西亚线美多了。

致意玛丽和观景庄

非常爱你的
老鼠

---

① 英国作家威廉·亨利·赫德森出版于1904年的小说《绿厦》(*Green Mansions*),是一部以南美大草原为背景的异国罗曼司小说,后被搬上银幕(1959),奥黛丽·赫本主演。写信人此处似取其热带丛林、异乡荒郊之意。

那里打猎怎么样？

致帕特里克·海明威

1953 年 4 月 10 日

古巴观景庄

对不起，打字机老是卡住，需要清洁了。

爸爸

亲爱的老鼠：

感谢你 3 月 23 日寄自达累斯萨拉姆的信，信里描述了你的农庄，还有很美的彩色图画。你寄自内罗毕的信一直都没收到。我收到你的最后一封信是在亨妮出来前寄自肯尼亚北部的。菲利普写信告诉我你买了农庄的事，我一直拖着没写信，想等到你的来信后再给他和你写信。就是为了让你知道最新的消息。

邦姆比现在在我这里，他很高兴能看到你的信，看到你画的图画。他刚刚完成了一套训练课程，内容包括在山区艰苦条件下的生存技能和跳伞。他把帕克和玛菲特也带来了。她是个很阳光的孩子，身体强壮，肯定会长成一个大美女。前几天我听她一口气说了三个小时的话，其中完全不带"我"或者"我的"等字眼。她非常像邦姆比三岁时候的样子。他有十天的假期，之后要回去做一个为期八周的训练,之后还有一个十二周的训练,自从他离开蒙大拿大学以来,我从没见过他的身体像现在这么棒。帕克也很好很开心,似乎在这里过得也很舒服。

斯宾塞·屈塞和利兰·海华德在受难周五、神圣周六和复活周日来这里做大生意,所有的条件都谈好了,钱应该在上周三汇入纽约银行。但今天已经周六了,没有钱汇进来。我要打电话找莱斯。

也许对玛丽和我来说要从约翰内斯堡驾车过来是不太现实,因为我们计划要外出度假,要走很多路,从地图上来看这是一段很长的路程。有什么办法从蒙巴萨、汤加、达累斯萨拉姆或内罗毕到达约翰角吗?《兰德·麦克纳利公路地图》就是这里的全部。我很想见到菲利普,他建议我们在南下去看你的那块地之前先去看他。

老鼠,你们那里打猎怎么样?如果你能告诉我,我将感激不尽。在8月、9月和10月里,能打到什么鸟吗?

我知道7月份草还长得老高,也知道肯尼亚的7月能冷死人。我没有什么特别想打的东西。我们过去好好地看一看,过一过健康的生活,找点乐子。我现在已经在这座岛上待了三年,我工作得太累了,我无聊死了。等我们南下去帕莱索旅行的时候,我要保持良好的身体状况。但等你回来的时候,一切都堆积如山,人也堆积如山,信也堆积如山,不得不给基韦斯特、纽约、西海岸打电话。真想摆脱这一切。想抖擞起精神,带玛丽小姐好好地看一看非洲的一些特别漂亮的地方。而不只是带着她在风沙里穿越或者在泥塘里跋涉。我们想要的无非是看一看非洲,得到一些并不过分的乐趣。

我的书依然畅销。在过去的九个礼拜里,销售量一直保持在平均每周四百四十本的稳定水平。在英国卖掉了六万本(自从1月10日以来),在德国卖得像《我的奋斗》一样好,在法国和意大利也卖得很好。在法国已经印了五十多版,在意大利成为畅销书。在北欧也卖得不错。

在我投入精力去搞下一本之前,我他妈的当然肯定希望要好好地松一口气,希望去度度假。我没法做到。但我会尽量去做。

亲爱的,我们能给你那里寄点什么东西去吗?亨妮喜欢什么杂志我们都能订,你喜欢的也一样,也可以让斯库里布纳把你喜欢的任何书寄给你。告诉我你喜欢什么杂志好吗?最近又出了几本非常好读的书。我可以给你一张清单,让斯库里布纳寄给你。你那边的邮局收这种东西没问题吧?

我们现在的问题是要在加冕礼之后获得通行证。一切都安排得死死的,直到那个时候。

你有什么东西想让我寄给你吗?李·萨缪尔总能买到,然后等他去纽约的时候可以从那里给你寄。

整个早晨我都在等着纽约的来电。可是没有来。最好现在把这封信寄出去。你的那台收音机或留声机调试得怎么样?你用电池吗?

我们在这里问候你和亨妮。玛丽、邦姆比、帕克和玛菲特都很爱你。

爸爸

你想在这里待多久就待多久

致欧内斯特·海明威

1953年6月17日

英属东非坦噶尼喀地区约翰角

亲爱的爸爸：

为防万一你已经离开了古巴，所以我把这封信的副本寄去了在巴黎的信托银行。

以下就是怎么从内罗毕来这里的信息。开车，你走北方大道往南开，穿过阿鲁沙、多多马、伊林加，然后在伊林加外围大约四十英里处转向通往穆芬迪的环形路，开往姆贝亚。等你拐到穆芬迪环形路，再往前开个几英里就到了南方高地俱乐部，他们会告诉你我们家在哪儿（从俱乐部到我们家只有三英里）。坐飞机，每周二的早晨七点钟有从内罗毕起飞的定点航班，抵达南方高地俱乐部的时间大约为下午三点。这架飞机在每周四飞回内罗毕。两个人的往返机票大约要二百五十美元，我觉得很贵啊。只要你告诉我，我可以去内罗毕或任何别的地方接你。8月份路上的灰尘比较多，不过也是个适合旅行的月份，因为你不管去哪里都不会碰到下雨。我这里会安排两到三次旅行，反正你想在这里待多久就待多久。现在我们家的家具还比较缺，不过等你来这里的时候都会置备齐全的。如果你到了内罗毕，那么就先见识了那些北非的国家，这还是合情合理的，所以别担心因为你没有先到我们这儿来我们会觉得生气什么的。我们等着你来。我会尽量整理一下我们大致上会做的安排，然后通过菲利普·帕西法尔寄给你。那样他也能建议你应该怎么做等等。

恭喜你得了普利策奖。[①] 看到你和玛丽，我们会非常高兴的。我觉得玛丽会喜欢东非，尤其是她现在已经成了一个这么出色的枪手，而且东非的景色又是那么地漂亮。

非常爱你的
老鼠

在这里愉快地旅行

致帕特里克·海明威
1953 年 7 月 11 日
西班牙潘普洛纳

亲爱的老鼠：

感谢你来信告诉我怎样去你的农庄。我们将在 8 月 27 日

---

① 1953 年 5 月，《老人与海》获得普利策奖。

坐"费尔南德·德勒赛普斯"号到达蒙巴萨,随后去伯塔-马查科斯。菲利普会和我们〔删除:我〕一起去,他会让另一个人替他干活。马伊托要来了。他很兴奋。我们要到9月底才会去你那里。等我和菲利普安排好后,我会写信给你的。我准备把枪支、弹药什么的运往内罗毕的里斯。

我在这里愉快地旅行,同时搜集编写《死在午后》附录的材料,这份附录意在描述现代斗牛业的兴衰。尽管只讲述一位出色的斗牛士:尼诺·德·拉·帕尔马的儿子安东尼奥·奥多涅斯。他比他父亲的鼎盛时期表现得更出色。

非常爱你和亨妮。

爸爸

祝你狩猎好运

致欧内斯特·海明威
1953 年 8 月 20 日
坦噶尼喀约翰角

亲爱的爸爸和玛丽:

请原谅我没有去蒙巴萨和你们见面。帕西法尔先生写信告诉了我你在 9 月头三周的计划,听上去很不错。我觉得大裂谷和马赛自然保护区那一带的风光是不会输给任何地方的。不管怎么说,等你游历完那些神奇的地方,我想我们也能带你看一看这里的美丽风景。我脑子里想到的是布霍罗平原(瓦桑古),还有伊林加和基罗萨之间的地方。在平原上我打到过松鸡、斑鸠、鹌鹑,还有禾雀,那里是打野禽的好地方,但现在气候太干燥,我们必须等待11月和12月的雨,才能去打野禽。至于猎物嘛,在开阔的平原上常见的有大羚羊、转角牛羚,还有斑马。紫貂、水牛、大捻角羚多见于平原边缘的草木茂盛处,要猎取它们必须小心谨慎,还要运气好!如果玛丽想要一头捻角羚,我想我们可以在这里给她搞到一头,这里的捻角羚要比别的地方多。就我所知这里没有犀牛,不过猎象在这里与其说是一种娱乐更像是一份工作,而且这里的大象体形巨大。至于打其他各种猎物嘛,从11月的雨季开始都是好季节。随着雨水的源源而来,猎物会增多、密集起来。这里胜过肯尼亚和坦噶尼喀北部的一个优势就是降水充足,你可以沿河旅行,会很有趣的。如果你能搞到一条轻便的小艇或者独木舟之类,等你来的时候带上它,这样我们一定会玩得很开心的。

也可以钓鳟鱼。离我们大约十五英里就有一个地方。非常优美开阔的一面小小的湖泊,湖里有很多一磅半到两磅重的虹鳟鱼。南面的图库尤当然是东非最佳的钓鳟鱼之地,不过去那里需要一个多礼拜的行程。

我最近很少写信,但等你结束了三周的打猎后请一定要来信告诉我你的计划,因为我们真的非常想见你,当然也想带你看看我们这里,让你领略一下在这一带打猎和钓鱼的滋味。这里现在冷死个人，但在大约几千英尺以南的打猎地，气候堪称完美。

你收到了我的上一封信吗，就是我把副本寄到巴黎信托银行让他们转交给你的那封？我从 4 月起就没再收到过你的任何消息。我希望你的信没有被巴普蒂斯塔扣下。他这人似乎挺麻烦的。

祝你狩猎好运，盼望着很快能收到你的消息。

非常爱你的

老鼠

炼狱里的食物还不错

致帕特里克·海明威

1953 年 8 月 25 日

肯尼亚马查科斯

亲爱的老鼠：

非常感谢你寄到船上和寄到这里的信。错过了寄到船上的副本，但收到了寄到这里的副本。你的那封告诉我如何去你那里的信也收到了，在地图上很容易就找到了这条线路。

我在西班牙和法国都给你写过信。西班牙的信可能会耽搁，而我们出发当天爆发的法国邮局大罢工无疑会延误法国的信。如果你没有收到西班牙的信：我们去了潘普洛纳、圣塞瓦斯蒂安、勒库姆贝里、马德里和瓦伦西亚。我发觉那里不需要签证，也知道玛丽小姐不会碰到麻烦的，于是我就冒了下险，结果成功了。普拉多博物馆太棒了，还有那片土地以及留在那里的老朋友也是。看了十一场斗牛。我从马德里给你带了几只好看的装弹药的皮包。还从那家制靴老铺里买了几双漂亮的皮靴。

坐"联合城堡"号简直太惬意了。我想你在炼狱里的食物应该还不错吧。希望如此。

帕西法尔先生和我们会合了，我们驾车从沃伊来到这里。一路上看见了许多动物和禽鸟。

昨晚找到了一个很好的营地。大家伙全都在说你的好话。

我们一出发我就会写信告诉你，告诉你我们的情况。我会想办法去找橡皮艇或独木舟。对你的枪甚是抱歉。也许我们能搞到几支布雷塔，上面带着枪支编号。简弗朗哥会想办法的。

很遗憾听到菲利普·帕西法尔告诉我，亨妮在担心她在朝鲜的弟弟。如果你告诉我他的名字、军衔、部队编号，我可以发电报去问军务处长。不久前停战协议已签署，他一定会在失踪人员名单里；在确定阵亡前。如果你把他的信息提供给我，我会替她去问，如果她想自己去问，我可以把如何去问的途径告诉她。我们都希望他平安无事。

原谅我这封没什么价值的信，但是漫漫旅途和海拔高度把我搞得有点昏昏沉沉。我必须去收集一些信息，因为马伊托的身体状况不明，而那个卖运动用品的里斯则病得很重，健康状况很差,不过到目前为止我看一切还不坏。我非常高兴看到帕西法尔先生在经历了严重的蜱热之后也能来到船上。我希望他不是在知道坐船对他身体不好的情况下迫不得已而来的。但他在旅途中表现得很好,他今天一副兴高采烈的样子。我们会尽量在狩猎中提供各种帮助,而不是成为累赘。我现在最要做的事情就是保持好真正的健康。

这个国家从海岸开始各地都干得一塌糊涂,在一年里的这个时间点上应该有动物的地方也看不见动物。海岸一片碧绿,一直延伸至内陆六十英里处。我们到达蒙巴萨的那天晚上,雨下得很大。

请向亨妮转达我们的问候。

希望她弟弟平平安安。

非常爱你,老鼠
爸爸

这封信是用玛丽小姐的打字机打的,我用起来还不太习惯。

房子现在显得空荡荡的

致欧内斯特·海明威

1953 年 11 月 13 日

坦噶尼喀约翰角

亲爱的爸爸:

自从你和玛丽、帕西法尔先生离开后,房子现在显得空荡荡的。我非常非常感激你能来我这儿,我对帕西法尔先生感到很内疚。我希望你们大家回去的旅途都比来时更愉快。

厨师实在很棒,家里的面貌也焕然一新,就连猫咪看上去也没那么饿了,干净多了。自从那个早晨眩晕症发作以来,小狗波萨的身体现在也很好,所以估计那次只是一个糟糕的后遗症。它是一条聪明、可爱的小公狗。G.D. 向你致意。

雨季还没来,尽管一天天地看上去越来越像了。要说狩猎的危险现在已经结束了。我希望雨季快来,因为现在真的是太干了,我很担心有火灾的危险。到目前为止我已经寄发了你所有的信件,但还没有看见像是你照片的东西。

野鸟和黑斑羚很好吃。我们真的需要一个冰柜,有了它就可以完全解决接下来的问题,我们还能吃到鱼,可以从北部的达尔买到大量的鱼。如果你在内罗毕看见有用煤油的冰柜,请告诉我。

书棒极了，尤其是那本戴护目镜钓鱼的。格格应该会寄给我水肺，如果来得及时，我们就可以在蒙巴萨玩得很痛快，因为那里有很好的沙洲，可以躲避季风，沟渠里有许多小龙虾。唯一的缺点是那里有大量的海胆。我从没在别的地方看见过这么多的海胆。我肯定那里也有北梭鱼，因为那里的平地和沟渠对北梭鱼来说是很理想的。

我现在要搁笔了，因为自你离开后这里真的没发生什么事情，除了吃了几顿好饭。向玛丽问好（她的样子真的棒极了），对帕西法尔先生和他全家致以最亲切的问候。

非常爱你的

老鼠

我儿子中唯一的哥们

致帕特里克·海明威
1954 年 1 月 20 日
英国伦敦

[手书] 新斯坦利宾馆

最亲爱的老鼠：

很抱歉那封信写得太简短了。也许是因为和英格尔斯一家待的时间太久了吧。老天爷知道我们都是喜欢自吹自擂的人。我把一封我写给波普的关于诊所的信也随信附上。这里面有详细内容。请你为我保存它，这样我就能存有正确的信息。一旦你写下来，你就可能忘了它。我不知道它是不是我们在雨里撞见的那个。那家伙块头更大，从沿着小河边的沼泽地一直跑到农场。有天晚上它在那里咬死了十头羊，但只吃了一头。它是个坏孩子，我追踪了它十一天，包括用活羊做诱饵。白天里山羊的叫声聒噪得不得了，但到了晚上它们就知道闭嘴了。

玛丽躺在床上，等着我给她送去一头狮子。我们回去接她。对一个母亲来说这里的条件太差了。金发疯了，我把它引到离你杀死格兰迪的地方东北偏北一英里处的一片密密麻麻的灌木林中，它不停地吠叫。我出来站在了左翼的位置，想要把它引出来。玛丽站在中间。G.C. 站在右翼。我大概距离四十码。它本可以放马过来，但仔细考虑后放弃了。它一度要冲过来，然后又止住了。玛丽打在它后面一点点的地方。它发出了熟悉的吼声，在天快黑的时候我们开始射击。我把它打倒在三百四十六步开外。等它又站起来时，G.C. 朝它射击。G.C. 有六次没打中。我有四次没打中。但是事情有点棘手。我直接把结果告诉你吧。玛丽小姐打中它两次，小阿拉伯人［拼写错误］说它是马伊托的狮子的老爹。非常漂亮的一头狮子，我觉得它有点胆小。

玛丽小姐打得很准很漂亮。打得像老军医一样准。她走出了低迷期。G.C. 让我像个代理护林员一般负责那块地方。我们有七支长矛，我很好地掌握了投矛。二只疣猪，一只鬣狗，一只野狗，三只豺狼，等等。我在晚上徒步打猎，不用手电筒。有天晚上发现一群野狗在睡觉。你会喜欢上长矛的。这有点像穷人版的戴护目镜钓鱼。诀窍就是冲过去，不停地投矛。你的动作就像打拳击，不停地出拳。你每次用它袭击，都比 30 06 更糟糕。最糟糕的就是长矛磨损了，像黄油一般弯曲。你得在杆子上［绑］一把短刀，像个锄头柄似的。查罗是个老头，性格保守，我肯定他能杀了法罗。你只需把它放在他的腋窝里。请原谅我没在说英语。你说你需要真实的消息。用长矛杀死了四只狒狒。只有一只是刺穿了胸部。另一只我刺在相同的地方，它发出了很可怕的叫声，它咬住了长矛，于是我抽回了长矛，我觉得这很完美，开始搏斗。非洲就是这样的，生生死死都很自然。一头犀牛和一头母象及小象同时下了水。大象打折了犀牛背，象牙刺入了它的左臀部。我想到我看见过一头小犀牛在照料母犀牛。迷雾笼罩着晨曦。好的。实际上是 *Fisi*[①] 撞到了犀牛的生殖器。我会给你看海岸上的照片。

我们发现了两群野牛。一群一百零二头，另一群六十八头，我想玛丽拍到了很漂亮的照片。还有一头犀牛躺下来睡觉了，于是我也走过去躺了下来。这就变成了一个搞笑的画面，而不是一头犀牛的画面。

亲爱的，我很遗憾你病了。别把它太当回事。只要把医生开的药吃了就行。这种病谁都可能得，就像男人第一次得性病。

我希望亨妮一切安好。对你的病我觉得有点沮丧。不过，

---

① 斯瓦希里语，鬣狗。

这是你的问题,我始终觉得你俩是一对可爱的人。

如果你真的想要一个坎巴人①做老婆,她既可爱又高傲,她有一双既强壮又漂亮的手,还有别的优点,我有两个你可以合法继承。我和卡雷伊[字迹无法辨识]之间的账都结清了,这看上去就像那些不合法的事一样合法。

亲爱的,我知道自己现在不在家里的炉火边,但你是我儿子中唯一的哥们:邦姆比先生令人仰慕,但不是很聪明,格格先生很了不起,但总有点隔阂,又像燃尽的烟火一般突然消失了。也许他会回来的。我总是这样期望着。但我希望永不再见他。吉米发作了一次中风,布鲁斯问格格要钱。他把钱寄来了,但我让莱斯把他寄来的钱全部还给他了。本地人试图挑起同样的老危机。想要一文不花拿下那块地。我准备为这事斗争到底,所有的成本我自己负担。布莱登先生搞砸了之后,这变得很有可能了……我也许不得不在基韦斯特住上一阵子。我会照看好你的东西,你需要什么我都能给你寄。古巴的事情真的很糟糕,因为我不得不把大家关在营地里,现在他们知道了是谁干的。大约有四个人真的很危险。古巴人的记性都不怎么好。但现在事情变得很棘手了。

老鼠,我不知道别的新闻。

有一阵子我不得不整天做着警察的工作,因为护林署有明确的职责,而丹②又在一个更富裕的地区开展工作。迪克(这混

---

① 肯尼亚的坎巴族人。
② 即后文出现的丹尼斯·扎菲洛,是海明威写此信的前一年在肯尼亚游猎时认识的一个英国退伍军人,也是狩猎爱好者、专业导猎。

201

蛋）也许出于嫉妒，在马查科斯放跑了十四个各式各样的坎巴人凶手。我们一个也没抓到，但是 G.C. 干得很漂亮。他过来组织起了当地的防御力量，还发现爸爸先生在每一块耕地上都用了一个坎巴人（Kwanda Na'Shamba tu）。所有的道路都设了路障，等等。

明天我们会乘 N'Dege（塞斯纳 180）飞机去大湖，然后从塔纳一路南下到拉姆去观察那里的大象，再北上去朱巴。我希望你和我们在一起。我又回来飞行了，就像戴上了一副旧手套，我在甲板上待了将近二十一个小时。我们在教 G.C. 开飞机，我和他一起开比亚乔（在罗伊的帮助下），开了一个半小时，通过了风雨天的第一课。那架塞斯纳开足一百八十马力，关闭襟翼后可以减速至每小时三十五英里，不会失速下降。我们的飞机在嗡嗡地飞过博马之后，又缓缓地翻滚降落在罗伊托基托克的主街上，把螺旋桨上的旗帜削掉了。（不要提起作用的那些人。）

罗伊把它搞得那么简单，以至于玛丽小姐（她在学习热爱甲板）也觉得简单。她奇怪为什么我和罗伊不每小时飞二十五英里，当需要加煤提速的时候，她相信我们是在浪费钱。我们笑着把比亚乔开进了层积云，玛丽小姐看着这一幕想到：“这些男人家不会开飞机。"

好吧，亲爱的先生。我们将于 1 月 30 日在基坦加碰头。

别迟到了。我会把你的信托支票寄给你，还有我的，但是姆温迪把我的钱都藏起来了，还有克文达·那卡·仙巴。我会把所有的支票都寄出的。

我用斗篷和葫芦试了十四头所谓马萨伊的斗牛。没有一头管用的。卡泰伊想看一场斗牛。是菲利普告诉他斗牛的情形的。于是我尝试了他们在卡德格拉多和阿西河之间的所有的货色。用长长的葫芦来代替短剑拍打牛屁股什么的。

非常爱你,亲爱的。请转达我们对亨妮的问候。祝死亡骑士好运。他是个好小伙子。

我一直都很爱你,并为你感到非常骄傲。

爸爸

蹲下来

致欧内斯特·海明威

1954年4月19日

坦噶尼喀约翰角

卢甘加

1954年复活节的周一

最亲爱的爸爸:

我们在希莫尼玩得多愉快啊,尽管你生病了,而我一直在担心我的家。当然,等我回去的时候发现一切都安然无恙,我根本不需要回去的。非常感谢你给我的快乐时光和那条漂亮的小船。

我现在都准备好了要开始狩猎季节，和木木一起，就是帕西法尔先生在沃伊给我找的那个年老的枪手，还有我在回这里的路上在莫西买的一把新的点375的马格南闩锁式猎枪。雨季提早一个月结束了，这对土地是不好的，但对打猎是好的，这样我们也可以提前一个月去打猎。我后天准备去四天，去搜寻一头野牛和一个林羚的出没区，去宿营，然后再回来接亨妮、收帐篷什么的。

从美国回来后已经去打过一天鸭子了。我和萨斯卡医生，就是你在伊林加遇见的那个医生，一起去了一个他知道的水潭，那天黄昏我们在那里打了圆鼻鸭（一种像鸭子的大鹅，你多半认识的）。非常好。大约有四群鸟儿，每群有十多只，尽管我开始得比较晚，但我还是在天黑到没法打之前打中了三只。萨斯卡太太用一种匈牙利的烹饪方式把它们做成了菜，味道好极了。除了那次小小的旅行外，我一直都待在家里。我画了三幅好画，每天早晨我都画。还在装防火门。一共有四个小伙子在装，他们似乎干得很不错，现在大约完成了四分之一，再过一个月容易着火的季节就要到了。现在在雨季即将结束的时候，这块地方看上去美极了。这儿有非常好的甜玉米，我们吃了大约四顿，之后一头豺狼闯进了花园的围栏，把剩下的玉米穗吃了个精光，就像列那狐那样，把它们从玉米梗里剥出来，咬着玉米棒子，我估计它是蹲下来吃的。

现在坦噶尼喀对武器的管理非常严格。因疏忽而丢失一件武器会获刑两年，不过到目前为止还没有什么麻烦。我也不认为今后会有什么麻烦，除非他们把这里改造成像内罗毕那样的城市。

亨妮现在身体很好，从美国过来后一直很好，现在她想让我买一条船。也许可以买一条现在美国在造的那种二十四英尺铝制的带住宿设施的游艇。至少不会受到蛀船虫的侵扰。

你为我们订的杂志实在太棒了。我尤其喜欢《田野和溪流》。

等我去打猎的时候，会写信告诉你情况。问候玛丽。

非常爱你的，(.) (.) (.)
老鼠

以大约二十五码的速度冲过来

致欧内斯特·海明威

1954 年 10 月 22 日

肯尼亚内罗毕

亲爱的爸爸：

非常感谢你上一封信寄来的支票。我画了五幅大作品，想拍下来寄给你。自上次在坦噶尼喀北部旅行之后，我决定要买照相机，所以我会用你寄给我的钱买一台。

多愉快啊，爸爸！我打到一头非常美丽的狮子，黑色的鬃毛，胖得像头猪，如同一块漂亮的缟玛瑙；还打到一头可爱的小捻，两只角很大，展得很开，像大捻一样；还有一头野牛，牛角厚实沉重，但因为上了年纪而垂下来。错过了另一头野牛，之后我会详细说。木木和我在太阳升起前起了床，步行去查看我们为猎狮而放置在离营地四分之一英里远的一头斑马。我们走近猎饵，看见那儿有三头母狮、两头小公狮和大约十头幼狮。我们走到更近处，一头母狮看见了我们，开始嘶吼并摇摆起尾巴。幼狮意识到有情况，四散奔逃起来，有两只非常小的冲我们而来，距离大概在二十码左右。三只母狮朝我们走来，一边不停地吼着，我们开始慢慢往后退，它们赶到幼狮那里就停了下来，我们朝着营地返回。沿途在一条大约百年前就干涸了的河床的另一侧，我们看见两头高大的老野牛。木木穿着一件稻草色的军装式衬衣，我觉得这就是麻烦的源头，再加上周围有太多的狮子，就像我们已经看见的那些，还有两头老公牛，它们是被踢出牛群的，所以更容易受到狮群的攻击。我们沿着河床的底部慢慢往下走，走到我们刚才看见野牛的地方，然后爬上十英尺高的河岸，木木走在前面，我跟在他后面拿着一把点376的马格南栓锁式猎枪，枪膛里有一颗子弹，因为我期待着轻轻松松地近距离射杀一头毫无戒备的动物。我们接近最上面的一头野牛，它就等着我们开枪呢，它听见了草叶的窸窣声，就以大约二十五码的速度冲过来。木木在我的前面，比我先意识到有情况，他闪到一边，但不幸的是他没有提醒我。我首先看到的是野牛的脑袋从草丛里蹿出来。我急忙朝它的脸开火（在这种距离下打它的身体是不足以使它停下来的；大约六英尺）。它不是那种我这辈子都不想看见的做着拼死一搏的受伤的野牛，它只是一头误把我们认作狮子而在掩护同伴们撤退的野牛。我打中了它脸上的某个部位，它抬起头来，我看见它闭上了眼睛，转向右边，就像放牛郎用棍子对着一头母牛，母牛吓得摇晃脑袋一样。我滑倒了，没有机会再放第二枪，我们看着它渐渐接近它的伙伴，它们之间大约还有三百码的距离，它走入了沿河的山坡上的密林，消失不见了。我们等了两个小时，然后循着血迹去找它，可它一直在往前走，并没有停下来休息，因为它的伙伴们不让它停，最后我们在一块烧焦的土地上跟丢了它，因为那片焦土把整个牛群的踪迹都覆盖住了。把它跟丢了真是丢脸，但我不认为我在整个狩猎过程中做错了什么。我必须开枪，而且我只有时间开快枪，还真他妈幸运，这一枪让它转了方向。两天后野牛就置身于一个典型的环境中，那里一切都是它应有的样子，我在大约三十码外从容地开枪，打中了野牛的肺而不是心。这次我没有等到它变得僵硬，因为我不想汇报说我打伤了两头野牛，大约二十分钟后我们赶上了它，我打断了它的脖子。我觉得很是欣慰。

打狮子的运气很不错。在一个阴沉的早晨，大约十点钟光景，我们坐在车上侦察时看见了它。它站在一块很大的空地上，甚至都没抬头看我们，我就下了车朝它走过去，直走到肯定不会射偏的近处，然后一枪就把它撂倒了。它一动不动，但我们走过去，为了万无一失，我往它的肩膀上又开了一枪。我们当场剥了它的皮，以免把它放在吉普车上带回去时把皮子搞得皱巴巴的，我从没看见过这么胖的一头动物。它就像关在围栏里的一头胖公牛。我去接亨妮的时候，我们拿着狮皮去了齐默曼那里，看见了你打下来的动物脑袋和毛皮，大部分都已加工完成了。那头瞪羚也许得了病，但它确实是美啊，G.C.的那头羚羊也棒极了。

现在亨妮和我都回来了，离雨季的来临大约还有四周，尽管雨季在北方已经开始了。肯尼亚，至少就那些定居区而言，现在成了一个恶劣的地方，到处都是部队，没有了原先那种轻松、休闲的氛围。我没有看见一个牛仔。无政府主义已经消失了，现在是基库尤人对抗别的族裔，但愿好人获胜。我有种感觉，我觉得到最后他们（双方）会两败俱伤。

非常爱玛丽和观景庄。

老鼠

没人觉得衰老有趣

致帕特里克·海明威

1955年7月22日

古巴观景庄

最亲爱的老鼠：

很高兴听到大象的事，非常感谢你发来的电报。我给在基坦加的帕西法尔回了信，希望你收到了那封信。菲利普给我写了一封信，信里大大地夸奖了你。我要为你存着这封信。老鼠，菲利普怎么样？他在白人猎手协会会议上做的演讲听上去棒极了。他的癌症现在的真实情况如何，还有他的背部以及别的问题？我只要收不到他的消息，就会为他担心。

随信附上莱斯寄来的支票以及给你和格格的账单。背书给你。你可以付给格格你们商议好的份额。我没有从财产里拿一分钱，我不是把莱斯的支票寄给你就是寄给格格。

老鼠，格格告诉我你们在雨天里的三次短暂的狩猎结果都不理想，除此之外他什么也没说。在这封之前的一封信里，他说他想更早一点去打猎，之后就没有任何消息了。我觉得给他写信很难做到不会引起他的反感，尽管我努力尝试了一年多的时间，但他想用一支至今为止没打死过一头大羚羊的点220的斯威夫特枪去打危险的猎物，而一支30 06明明可以搞定的，我就不得不给他写信了。然后我估计他就不开心了，就给我来了个冷处理。

如果可以的话，你能否把他今后的打算以及现在的情况告诉我。还有他的地址。附上一张他建议我投资进去的道格拉斯航空的剪报。自他建议起，这只股票已经跌掉了百分之二十四，而别的股票实际上有百分之七十五都在大涨。好好看看这份剪报，他就会明白其原因。在我写作《丧钟为谁而鸣》和《永别了，武器》的年代，它还是一只值得购买的好股票，如果DC8不是昙花一现的话，它现在甚至会更好。但是在格格给我推荐的时候，如果谁大量买入了这只股票，就一定会遭到重创。就像你拿着一支点 220 的斯威夫特去了马加迪的乡下，穿过高高的野草和灌木，在一条单向的隧道里撞上了一头因为之前有人朝它射击而情绪恶劣的犀牛或老野牛。

还有别的消息吗？玛丽明天必须把她母亲送去基督教科学派的一家养老院，如果她母亲可以从格尔夫波特启程的话。她住的这家养老院非常好，有训练有素的护士，有空调设施，房间宽敞得就像我们在观景庄的客厅。但她和所有人吵架，还一刻不停地打长途电话来诉苦，然后到晚上再打电话来否认做过的一切。我猜没人觉得衰老有趣，包括老年人自己，但一个真正恶劣的老人能造成不小的麻烦。我觉得我们打死的最大的一头老野牛还有那几头大象可能就是恶劣的老人，但我渴望回到非洲去继续这方面的研究。

与此同时，玛丽小姐的母亲打长途真的是打上了瘾。如果你的 ATT 账单金额飙升，那就是归功于此了。她说这花不了几个钱，她在同一天里会给在几座大城市里的老朋友打电话。

我每天都在忙于写作，我不想停顿下来，我已经写到五百零六页。我觉得这是一本很好的书。我的背比任何人想象的都要好得多，我的肝和肾也是。脑子的思路也很清晰。左眼和左耳不是太好，但我肯定拿起点 577 射击就能彻底解决我的耳朵问题。

邦姆比听上去不错，只要市场保持景气他就会一直好下去。我相当肯定他已经想好了某种逃跑路线，以防市场突变，但我希望他们不会在伊戈尔帕斯拦下他。

在日内瓦的一篇《和平的威胁》的报道下，股票市场稍有下跌。

请给我来信，老鼠。我会尽量写得更有趣一些。昨天是我的生日，今天我五十六岁了，我放下工作给你写信。时光像狗屎一般匆匆流逝。但我们过得很开心，比大多数人都过得开心，而且我们都能在紧要关头发挥出正常的射击水平。我这是在吹牛了。我的意思是你能发挥出水平，而我过去也能的，将来也会恢复水平的。

玛丽非常爱你。请转达我们对亨妮和格格的问候，如果他还在你那里的话。我从你的信里看出他已经做出了艰难的决定，到底是回去做他应做的工作，还是留下来打猎，他觉得7月份是一年中最好的打猎时间。如果你那里雨下得特别大，就把那架折叠式的步梯拿出来。7月就是这样的。尽管在一些干燥的乡下地区也许会非常好，如果你能解决好水源的问题。

9月头两周我们必须拍电影里实际的钓鱼镜头。到目前为止海湾还没有涨潮，不过昨天的水流很美，潮水也许会随着新月一起到来。科希马的每一个老渔夫都被我们雇来了。如果没有鱼，我们就会在4月的最后两周和5月的头两周去卡沃布兰科拍。在那里重达一千磅的大马林鱼很常见。他们先用四十到一百磅的墨鱼喂它们，三刻钟后就把肚皮吃撑了的它们钓上来了。我希望能在这里真正地钓一场鱼。我会告诉你进展情况的。在两场戏之间我会设法去非洲。

最爱你的爸爸

（亲吻）

你写得那么坦率那么好

致帕特里克·海明威
1955 年 8 月 24 日
古巴观景庄

亲爱的老鼠：

今天收到了你 8 月 15 日寄自姆布鲁的信，谢谢。玛丽也收到了一封亨妮的信。希望你打猎顺利，希望你喜欢拉塞尔·道格拉斯，希望他也喜欢你。我估计如果有人不喜欢帕西法尔先生、邦姆比先生、你或者我，这人肯定是个傻子。我相信如果帕西法尔先生认识邦姆比的话，他也会同意我说的。他也许对我有些看法，但对你没有。

下周四开始我们要乘"老马奈"号去做小小的海上垂钓旅行，为了托马茨（即"老头"）等等。总共四条船钓鱼（科西玛老式的渔船，每条船四根鱼竿），还有马伊托的"坦希"号（快艇），领头的是"皮拉"号，每条船上都有价值四千美元的战地摄影机，还有三架望远镜，一台全景电影摄影机，也或许只是超级宽屏摄影机。五点半后直到天黑。之后军政府等等就要来了。只有十五天，但感觉就像两次六天的自行车赛再加上额外的三天。一个非常时髦的德国摄影师，名叫汉斯·霍纳坎普。主要队员将在今天子夜到来。其余人员 29 号到。发射信号弹的钓鱼船；

爱吹牛的人，等等；船对船，尽量想简单一点，但简单总带来问题。目前为止来过两场飓风，还有一场正在酝酿中，但海潮非常汹涌、幽暗，海流深处有大量的鱼类。希望这些鱼都签过合同了，但除了卡尔·哈特利家的，别处的动物都没签过。

我希望你能成为一名优秀的白人猎手，如果你想从事这行的话，但如果你只是想有这方面的经验的话，我也能理解。

除了拿一支 M5 顶着格格以外，还有什么方法可以让我确切地知道他到底是要继续学医呢，还是有别的什么打算？我很高兴听到你说非洲对他有好处。请你劝劝他给我来信，如果有些事情对他还有意义的话。

我一直在努力写作，把其他所有的麻烦事都分别打包在我的脑子里，这样我才能好好地工作。与其说打包，不如说隔离更确切一点吧。你信里写的母狮子教小狮子猎食，写得棒极了。非常感谢。我喜欢看你的信，你对非洲的描写总写得那么坦率那么好。昨天收到了一封丹写得很好的信，知道了马伊托的最新消息。等你回到阿鲁沙，最好和丹联系一下，因为他说到要去马伊托那里看你，还有就是 10 月份他会在库拉为你们两个准备好几头特别厉害的狮子，他自己在那里的五英亩的长草地上也要拿出七头被驯服的狮子。即将开始的巫师行动。如果我也能参加，我愿意付出所有。也许我可以的。

非常爱你和亨妮，问候格格和他一家。马伊托的地址是内罗毕的巴克莱银行转交。丹的地址是肯尼亚卡贾多林业牧场。我的地址，很不幸还是观景庄。

玛丽非常爱你。

爸爸

最后终于搞定了

致欧内斯特·海明威
1955 年 9 月 9 日
坦噶尼喀恩戈罗恩戈罗

[手写在航空信纸上]

亲爱的爸爸：

过去的三个月我一直忙得晕头转向，因为我想打入狩猎这一行，最后我终于搞定了。我不推荐这个行当，但我肯定这是让我真正了解这整个国家的唯一途径，在不同的气候条件下，与不同的动物打交道。一旦我开始真正地了解这里，我就要去申请一份不是林业局就是国家公园的工作。

上周我在阿鲁沙看见了马伊托，他的身体很好，打到了一头比上次游猎更好的紫貂，还有一头很棒的捻。

就在我回去前，亨妮在阿鲁沙看见了丹尼斯，他告诉了她狮子的事情。我觉得我参加不了了，但马伊托可以，格格也可以的。我希望我能告诉你更多格格的计划，但我每次碰到他，他都在改变计划。等我在 12 号到 15 号之间回到阿鲁沙时，我会尽量去打听出他的更多计划。

我希望你和托马茨有好运气。马伊托担心海面上不平静,摄影机会摇晃得太厉害,但你们钓鱼的时候风浪确实很大,不是吗?

恩戈罗恩戈罗在一年里的这个时间确实是个很孤寂的地方。我带了几个人出去给狮子拍照片,今天早上我们拍到了一对相爱的狮子的美照。绝好的样本,早晨八点到十一点也有很好的光线,再加上彩色的六英寸镜头,以及大约二十五年来的实际交配的特写。狮子非常棒,一个小时内的性交次数可以超过十次。这真太让人满意了。

我很快会再给你写信的。

非常爱你和玛丽。

老鼠

我们都为你骄傲死了

致帕特里克·海明威
1955 年 10 月 12 日
古巴观景庄

亲爱的老鼠:

感谢你写得很好的来信,也感谢你在这么忙的情况下还花时间给我写信。我们都为你感到非常骄傲，也为你在做着自己想做的事情并且做得很出色而感到高兴。我的钱总是投给你的，尤其在你带着必不可少的钱以那么快的速度出现在恩德培之后。好样的老鼠。

我们做了我们必须做的，也可以和托马茨一起做一些基础的拍摄，但我一直知道我们将不得不去卡沃布兰科，奇迹不会有的，我们没法创造任何奇迹。吉奥过来教我、训练我，他能一口气在驾驶舱里掌舵八到十小时也不下来。他会把帽子浸在盐水里，然后到中午把那顶泡足水的老帽子戴起来。我们遭遇了三场飓风和一连八天的大风，不得不在狂风暴雨中把科西玛的船拉回来。摄影工作很有趣但也很困难，因为全景电影摄影机几乎设置在船尾的水位线那里，所以你不得不在大浪里操作摄影机，使其对着小船的船屁股，在那里钓鱼可不像在船头钓鱼那么容易。技术人员对我们做的表示很满意，我觉得我们已经尽力而为了。埃里森非常好，我们在两条船上合作得很好，拍到了重达四百七十七磅的大马林鱼的很好的影像，还拍到了许多长鳍真鲨和灰鲭鲨以及一群群海豚。我在美妙的光线和深紫色的海水里拍到了一群海豚，足足拍了五十五分钟，还从海里钓到了九条鱼。一次四五个小时这么打转转，这么无所事事，也确实挺累人的。但一有情况就有点像是打仗或是打猎，我们从来没有超过四秒钟的时间去驾驭好船只。使用发光弹打信号。你一定会喜欢的，我非常肯定你能派上用场的。

我现在的野心就是让老鼠作为我的白人猎手和我一起打猎。我会说："你拿着，老鼠。看见它叫我害怕。"我的另一个野心是和格格一起在马加迪打一次猎。

如果你知道他的任何计划,请告诉我。我给他往新阿鲁沙旅馆寄了几封信,但都没有回音。

邦姆比要在这里待两周。转达他的问候。他的体重稍微有点重,晒晒太阳、做做运动会对他有好处。他有在拉美做投资服务的计划,准备在古巴开始。最糟糕的投资服务是他们准备在明年的这个时候把水貂皮的披肩和两吨的凯迪拉克煮成一锅营养汤。就像刘易斯·F.沃尔森说的:"只要共产主义的威胁能够被遏制,我们的前途就永远都不可能暗淡。"这不是一句确切的引用。现在要搁笔和邦姆比去游泳了。他也要写点什么加进这封信里。我们都为你骄傲死了,不论你去哪里我们都计划跟你去,把我们自己置身于你的保护伞下。(未完待续)

邦姆比先生已经写好了他的消息,所以现在要搁笔结束这封信了。非常非常爱亨妮。问候格格和他的妻子,如果他们还在你那里的话。邦姆比和我都对他嫉妒得要命,因为他可以去打猎,不用工作,不用学习,不用从飞机上跳伞出来,甚至不用去打仗,不用维持家计,从来也不用考虑到什么亲戚,10月份也能出去打猎。而他的老爸和大哥还必须工作,而且我他妈的也怀疑就算他去干治安官,也会有许多票支持他的,只要他干掉某个想要杀死他的持枪者。就他到目前为止的生活而言,有一个合适的西班牙词来形容,就是 *aprovechar*①。*Pues que sigan*

---

① 西班牙语,利用。

*aprovechando hasta que viene el bicho.*① 有时我怀疑他是否把他的妈妈和艾达也放进了猎获物的清单里，放在 Manamouki② 的条目（没找到）下面。

我们必须等这个少年犯能够理解、懂得感恩，从而不再嫉妒，我们都知道嫉妒就是一种罪，尽管我希望这是我犯过的最严重的一种罪。邦姆比和我过得很愉快，我希望他也是。他一如既往是一个很好的小伙子，老鼠。在三十二岁的时候，他厌倦了被别人骗，同时也不想再骗别人。他现在喜欢上了射击，而且射得很好。

老鼠，永远不要把自己搞得太忙。一个人只有出于基本原则以及他自己的意愿，才可以把自己搞得很忙。

如果有什么可以帮忙的，请告诉我。再次表达我对你和亨妮的爱，也爱有文件证明属于海明威家的任何人。

爸爸

---

① 西班牙语，好吧，让我们继续利用吧，直到生出蛀虫。
② 斯瓦希里语，女性。

一场十分刺激的猎犀牛

致欧内斯特·海明威

1956 年 3 月 26 日

坦噶尼喀阿鲁沙

最亲爱的爸爸：

我在约翰角待了三个礼拜，现在刚刚回来。那地方养护得很好。他们没有让雨季里的草木过分生长，而今年的雨季降水量特别大。我觉得自从你过来的那年发生的大火灾以来，防火栅栏对于保护鹧鸪来说还是起到了很好的作用。我和卡里一起在农场四处打鸟，打得很开心。有一种鸟叫红翅鹧鸪，看上去很像母锦鸡，喉咙上没有秃点，翅膀的主色调是和孔雀一样的那种棕红色。我希望自己多了解一点它们的进食习惯，想知道是否可以把它们当锦鸡或山齿鹑来养，因为它们是一种和狗配合得很好的鸟儿。除非它们成双结对地去交配，它们喜欢十只左右在一起群居，甚至比山齿鹑更紧密团结。只要卡里打个手势，我就能走进去，几乎可以把它们一只只全踢出来。它们飞起来时总会伴随着发出很响的嘎嘎声，这也使得它们很适合作猎鸟。我希望自己对它们的进食习惯、交配季节，对火烧草地的重要性，对食肉动物（特别是猎鹰和豺狼）了解得更多一点。

我们下周要动身去土耳其，到 5 月底再回坦噶尼喀。我会写信告诉你那里的情况。

　　上次的狩猎非常辛苦，因为下雨。今年的2月不像平常的年份，雨一天都没有停过。我们在塞伦盖蒂公园外围的勒马格鲁特森林里着实进行了一场十分刺激的猎犀牛。公园外有一片田野，从恩德伦一直延伸到山顶，绵延一万英尺。大约在七千英尺的地方，有一片特别的森林，森林里只有一种高大的平顶的棘刺树，底下长着许多无刺灌木。我们一连追踪了两天，我们俩都在不到十五码的距离内开了枪，运气很好，没碰到麻烦，但那里是一个有花样的地方。我们的一个猎手安东·艾伦，上周去了那里，他为客人准备了一支三十二英寸的枪，出于自卫不得不打死了两头犀牛，这样就和农林局搞得不太愉快了。爸爸，你会喜欢这片小小的林区。花样就在于看你在不打一头犀牛的情况下能走多远。当地的原住民会和你处得非常融洽，对孩子来说一旦走出农场就会很危险，因为犀牛，犀牛常常会把闯入森林的母牛杀死。

　　请写信告诉我们秘鲁那边的情形。抓到这么大一条鱼，你的运气真是好上天了。

非常爱你的
老鼠

猎物以可怕的速度消失

致欧内斯特·海明威

1956 年 8 月 18 日（28 岁）

坦噶尼喀阿鲁沙

亲爱的爸爸：

非常感谢你的来信。我知道拍电影的人一定会觉得有很大的压力。

从 6 月份开始就一直在工作，经过了一年跟着一个非常好但有点小气的老师的学习，昨天终于拿到了完整的执照。我的收获比我应得的多得多，因为杰瑞·斯温纳顿在给我执照的同时，还给了我一个狩猎护林员的荣誉头衔，他待我实在是太好了。这一切都使我稍稍有些不安，因为很容易犯错，然后你掉下去就和你爬上来的速度一样快。

上次 7 月份的旅行（我错过了你的生日，因为附近没有邮局），在坦噶尼喀的西南部，塔波拉的正南面，我现在可以给任何一个认为在非洲的孔多阿-伊兰吉的南部没有什么猎物可打的人一个很好的答复。这个地区很迷人，爸爸，这里有各种不同的地形，有鬃毛很漂亮的狮子，有大象，有很多几乎可说是温顺的野牛，很好的枣红马，紫貂，还有大捻。只是犀牛比较罕见，但确实也有。在三十天的时间里我们搞到了除了犀牛以外的所有动物的标本,但对我来说这次旅行的最佳部分是两场狩猎,一场是一匹受伤的枣红马,另一场是在鲁夸湖打水羚。前一场,我们在一天快近中午的时候在姆不噶的边上看见了一群枣红马。

[手绘地图]

午饭前我们没能找到开枪的时机,于是我们停下来在姆不噶的边上吃午饭,同时可以清楚地看到那群枣红马在长草地上吃草。天气太热,它们都躺了下来,我们在下午三点三刻午休结束时,它们也都起来了。我们想再次跟踪它们,客户只能在远距离对着唯一一匹公马射击,打中了它的左前腿连接身体的部位。我们飞快地跟上它,我用450/400又朝它开了一枪,它突然一下子倒下来,就像典型的脊柱中枪,但在大约三十秒后,它又站了起来,在我们能够再次开枪之前,它和母马们一起跑进了树林里。到了四点半左右,我们耽搁了一些时间后终于找到了血迹,不过一旦找到了血迹,跟踪起来就很容易了,它在我们前面很远的地方。在跟踪了半小时左右后,我们遇见了几头野牛,它们使我们的跟踪停了下来,因为在兴奋中我们跟丢了血迹。后来我们又找到了血迹,继续跟踪直至天黑,我们在一棵树上做了记号。第二天早晨我们打到一头大象(重六十八磅),所以直到下午四点半才回到我们做好记号的那棵树那里。跟踪干的血迹经过了半个小时,我们发现了它晚上睡觉和早晨拉大便的地方。此时我知道我们可以赶上它了,我们确实已经离它很近了。等它死后,我发现我的那一枪打在了离它的脊柱不到一英寸的地方。这一枪让它很不好受,可怜的动物,但对于让它像这样流出血来便于我们跟踪来说，这是非常好的一枪。

在鲁夸南部打水羚的那场狩猎是赤蝗防治机构的人员招待我们的。都是年轻的南非人，还有一个英国的科学家，他们把整个这片蝗虫区域管理得像个动物保护区，打水羚需要特别的许可证，因为在坦噶尼喀除了基隆贝罗以外，别处都没有水羚。非常惊险刺激的一场狩猎，到最后我们不得不脱掉所有的衣服，游过了一条河，去结束一头水羚的生命。

亨妮很好，我们在狩猎季节的阿鲁沙有一幢非常舒适的公寓。她真的很有耐心，待我也很好。格格身体很好，在他的农场里辛苦地工作，但我觉得他是选择了一种特别昂贵的方式来学习农耕，来了解它的有利和不利之处。

你必须快点来非洲，因为猎物正在以可怕的速度消失。

请向玛丽转达我的问候，并致意每一个我们共同的朋友。亨妮也爱你。

非常爱你的

老鼠

现在这里很冷清

致帕特里克·海明威

1956 年 9 月 28 日

西班牙圣洛伦佐德尔埃斯科里亚尔

菲利普二世旅馆

亲爱的老鼠:

现在这里很冷清。秋高气爽的日子里,和来自乌迪内的兰西亚·简弗兰克一起驱车三十二分钟进入梅塞塔的城区。非常好的司机。在南下途中的洛格罗尼奥看了两场很棒的斗牛。到 10 月 12 日,我们要去萨拉戈萨待四天。然后回到这里,花时间去治好玛丽小姐的贫血症。她看上去好多了,胃口也不错。我们这里有很好的鹌鹑可打。就像在古巴可以随便打鸽子。10 月 14 日开始。

我身体很好,想要先练习一下射击。安东尼奥·奥多涅斯(斗牛士)有个朋友,那人在距离这里十五分钟车程的地方有个农庄,农庄里有湖,湖里有鲈鱼、鸭子、小鱼,还有到处走的鹌鹑。希望我有自己的枪。不过丹尼斯现在在卡贾多照料它们。

没有太多的消息,除了这里的风景很美,人们待我们也很好。他们在洛格罗尼奥献给我们两头公牛,观众们都欢呼喝彩了。塞萨尔·戈隆做了一连串漂亮的劈刺,最后完美地刺死了公牛。还有小何塞·胡尔塔，一个墨西哥人，动作漂亮得简直难以置信，最后割下了牛的两只耳朵、一条尾巴，还有一只蹄。

安东尼奥，如果他在萨拉戈萨斗一头好公牛，他就会把它献给我们。他会插入短标枪（你把它们一折为二），最后把它刺死。要是你当时也在场就好了。你会出汗的。看一个伟大的斗牛士表演，实在是太精彩了。我出了太多的汗。

你大概出去了吧，但我给观景庄打了电话，我在等他们的回音时觉得寂寞了，所以我给你写信。

非常爱你们两个的
爸爸

这是我最后一次打猎的机会

致帕特里克·海明威

1956 年 10 月 26 日

古巴观景庄

亲爱的老鼠：

我觉得自从收到你寄自纽约的信后就再没有你的消息了。不过，玛丽收到一封亨妮写来的很有趣的信。

自那以后我们就预定了"非洲"号的船票，1 月 2 日从威尼斯出发，1 月 14 日到蒙巴萨。丹尼斯把我的枪保管在卡贾多的军械库里，阿伯克龙比商店会再给我运来三支枪和子弹什么的。问题是去哪里以及由谁来组织一场为期六周的狩猎。已经写信去咨询帕西法尔和丹了，所以现在也给你写信。

参加者有玛丽、我、安东尼奥·奥多涅斯（他已经成为一名非常非常了不起的斗牛士，想出名想得睡不着觉。他先要在墨西哥和南非参加十二场斗牛比赛，然后计划在1月20至25日之间抵达内罗毕），也许还有马伊托。写完这封信就去给马伊托发份电报。我很想和我们的老伙计们一起去萨伦盖蒂、基马纳打猎，也或许去马加迪，如果可能的话。我很想和你一起去打猎，或者是让你做我们的白人猎手，如果可能的话。

请来信告诉我，你有没有可能来内罗毕和我们会合，并帮我们安排好行程，同时也为你和你的农场赚点钱。有丹和我，还有马伊托、安东尼奥和玛丽，我们会玩得很开心的。安东尼奥在拼命地学斯瓦希里语，他老婆说他会在半夜里叫醒她让她陪练。

我们这趟旅行有随行保健医生。这是我最后一次打猎的机会了，不过先要把医生忽悠过去。如果不能去山上打猎，那就在平地打好了。我想要来点乐子。

给菲利普写了信，想让他联系那帮老伙计。如果他们现在在为别人干活，也许你可以请个假，来做我们的白人猎手。也许你可以安排你的人手来组织这次打猎。好好想想，问问丹和菲利普，然后把你的决定告诉我。

问候亨妮。

格格去观景庄住了两周。把所有的老酒都喝光了，就连怪胎米诺斯给我们的那瓶可怕的样品酒都喝了，我本来留着那瓶酒是为母牛生病时准备的。但从没喝醉，一直都［字迹不清］。雷内说罗伯托转交给他一封格格的信，信写得很好很可爱。没人可以为部队里的人事长官对他做的事而指责他。不过话又说回来，他到现在也还没能成为一个文静的飞行员。

邦姆比在纽约和梅里尔·林奇·皮尔斯、班纳等人参加集训。他干得很好。帕克表现得很糟糕。这是老邦姆比自己说的。等我见到你的时候，会把家里的财产等等一切情况都告诉你的。

玛丽小姐问候你。

非常爱你的
爸爸

这比打它们还有趣得多

致欧内斯特·海明威

1956 年 11 月 6 日

坦噶尼喀阿鲁沙

亲爱的爸爸：

听到你计划要在 1 月底过来，我和亨妮都特别兴奋。你或许也猜到了，苏伊士的所有问题①都对狩猎事业没有一点好处。自从10月中旬伯恩哈德亲王②的旅行结束后，我就再也没有带队出去过了。1月里有个热那亚的鞋油制造大老板的儿子试探性地跟我预订了出行，如果能成行的话，我觉得我没法拒绝他，因为现在找工作不是那么容易，那就意味着我也许在1月底没时间和你在蒙巴萨会面。不过，因为有苏伊士的问题，所以你的计划也未必能完美地实施，我们也许还能想出别的办法。我和丹、帕西法尔先生保持着联系，从中肯定会生出什么好事来的。2月对肯尼亚南部和坦噶尼喀北部都是非常好的月份，尽管对坦噶尼喀南部不好，这真可惜，因为那里有我很想带你去看看的非常美丽的风景。

我在上次的旅行中打过几次很好的猎，在中央省的布布河下游打大象（我们一头也没打到），在隆吉多山一带打瞪羚。我从没和亲王本人一起打过猎，只和他的助理地区专员格特西打，他是荷兰林场的主人，也是亲王的医生，是一个非常难对付的、喜怒无常的客户。他在开枪射击前会紧张得浑身发抖，不过，看到他和我一起打到了一头身长十五又四分之三英尺的瞪羚我还是很高兴的。

亨妮身体很好，也非常喜欢她在阿鲁沙这里的公寓。我即便出去工作一个月，她也毫不介意！

---
① 即苏伊士运河危机。1956年10月，英法为夺得苏伊士运河控制权，联合以色列，对埃及发起军事行动。
② 前荷兰女王朱莉安娜的丈夫，也是著名的野生动物保护专家。

我现在日子过得很开心，我有地图（1∶125000）和关于这个区域的动植物的各种资料。因为采采蝇，这片土地上有两样东西被研究得相当彻底。有些对大捻的研究非常可爱：关于它们的食物及习性的方方面面。这比打它们还有趣得多。现在我有一台很好的野外照相机，像一把枪似的也有枪托和扳机，还有镜头转台，这样我就可以使用三个镜头。

请把你的最新计划告诉我，我也会和丹、P先生联系的。

非常爱你们俩。亨妮也爱你们。

老鼠

就像大号的蜜蜂

致帕特里克·海明威

1956年11月14日

西班牙圣洛伦佐德尔埃斯科里亚尔

亲爱的老鼠：

下面是最新消息：昨晚上和洛伊德·崔斯蒂诺聊了天。运河不得不考虑要关闭了。"非洲"号将在1月2日离开威尼斯。原先是预定14号到达蒙巴萨的。现在则要绕过好望角，在25或26号到达贝拉（莫桑比克）。也许继续开往蒙巴萨。也许有往返服务，也许要换一条船从贝拉到蒙巴萨。我们最迟1月30日应该能够到蒙巴萨的。

如果你能陪我们打猎六周，我不会让你免费作陪的。我想付给你全额，这样或多或少也能补贴你点家用。丹也是这个意思。他准备请假陪我们打猎。这样就有了一个白人猎手、一个狩猎护林员、一个名誉林场看守（肯尼亚）来陪我们了。我们是三个人：玛丽和我，还有安东尼奥·奥多涅斯。

我们想要找乐子，并不追求什么特别高级的动物，我们想要在射中食肉动物后看着它四处逃命，然后去追踪了结它。

菲利普说他会召集我们那些老伙计的。不过要在狩猎园里打猎。丹写信来说他会去租一套装备。菲利普说他会把枪弹从纽约运到狩猎园。我写信给丹，让他告诉狩猎园我们会付全部费用的，并让他和你还有菲利普商量我们该怎么做，然后写信给我，给枪弹收件人发个电报。我自己的枪保管在卡贾多的军械库里。丹说他会和我们在蒙巴萨会合，我们可以和他一起把大本营设在卡贾多，同时和你联系再决定接下来去哪里。

请把这个消息告诉丹和菲利普。我非常乐意翻倍付给你那个擦鞋大王答应给你的工钱。

我提议在伦敦买一辆新的大路虎车，把它开出来。可以把它开到AAA，然后缴完税就把车留在那里。丹认为在内罗毕买一辆二手的路虎然后再把它卖掉也许更实惠一点。我现在还没决定用什么交通工具。

必须在贝拉转船的话（如果有这必要），也许会有问题。

总之，这就是到目前为止的信息。有一支很适合玛丽的6.5

的枪,也许能解决她在用那支旧枪时遇到的问题。阿伯克龙比会把他们给我的那支瑞典的 30 06 和胡斯夸纳以及汤普逊先生的 30 06 空运过来。还有给玛丽的点 20 的猎枪连同子弹,以及所有步枪的子弹,还有点 22 的。

如果你有任何需要,请写信至巴黎信托银行,或发电报。

玩了几场十分精彩的打鹌鹑。它们朝着你冲下洼地或冲上陡峭的小丘,就像大号的蜜蜂。我会给你看照片的。

最好搁笔了。请和丹商量那些老伙计的事(和我的坎巴兄弟在一起而不是和陌生人在一起,对我来说意义重大。我们互相非常了解)。

玛丽一向很好。我在心里琢磨着这趟旅行。我不是个疑心病患者。我是在非常认真严肃地思考,海上的航行、游泳什么的,会对我有好处的。飞机就没那么好了。(我的意思是对我而言。我还是像以前一样爱飞机的。)

向亨妮致以最高的问候。格格的消息。他从观景庄写来了好信。还没有寄来任何部队地址,不过听说是在南卡罗来纳的杰克逊堡(伞兵部队)。简恩在离婚五天后就结婚了。你的那台照相机听上去就像坎宁安式战地摄影机。非常好。

非常爱你的

爸爸

(.)

四处奔命的野兽

致欧内斯特·海明威
1956 年 11 月 21 日
坦噶尼喀阿鲁沙

亲爱的爸爸：

我刚刚去看了丹尼斯。我们详细地商量了一下，我们的计划是这样的。排除掉狩猎园，如果你同意的话。我非常尊重他们，但你对他们并没有义务。他们没有好的装备，而且即将关门大吉。你用我们的商号能玩得更开心，而且费用也更便宜。你、玛丽、安东尼奥、丹尼斯，还有我作为猎手的费用如下：

四十二天的费用为二万七千九百九十七先令三十二分（约为四千美元）

超过四十二天后，每一天为六百六十六先令六十六分

里程数：每天五十英里，超过后每英里两先令

交通工具将是一辆崭新的长底盘的路虎，拥有越野车的车身，还有一辆载重五吨的贝德福特卡车。丹尼斯会开他自己的路虎，只要付他油费即可。别麻烦带任何车辆过来。帐篷、装备、随从，还有食物，都将是一流的，标准和 9 月份我们为伯恩哈德亲王提供的服务完全一样。我会亲自负责狩猎的每一个细节，我的老板向我保证，给你的所有服务项目都将是最高标准的。

丹尼斯和我将与你在蒙巴萨或任何一个东非的港口会合，你的狩猎将从你离开阿鲁沙那天开始，等你回到那里要确认一下我给你的报价，还要给我一个大致的日期。开始日期很重要。如果你不介意的话，请按照惯例先付百分之二十五的定金（大约一千美元）过来，要是之后你不得不取消这次旅行，我会第一时间把这笔钱退给你的。不管怎么说，你付定金对我的面子有好处，如果你真想来的话。

爸爸，你不知道我有多高兴能够带你们去打猎，如果我们能成行的话。不用为打猎担心，我们这里有的是四处奔命的野兽。以后我会写信告诉你更多这方面的信息，但现在我想结束这封信上床睡觉去了。

非常爱你的
老鼠
(.) (.) (.)

又及：非常欢迎凯迪、克罗，还有你的持枪人，谢谢他们。

一场没劲的战斗

致帕特里克·海明威
1956 年 12 月 15 日
古巴观景庄

纽约信托公司转投
协和广场 4 号
巴黎

亲爱的老鼠：

你一定知道我有多失望，不能来看你和亨妮，还有丹，不能和你们一起痛痛快快地打猎。所以我不想多说了。对我而言，没有比这更糟的事了。

以下就是最新消息：我们把玛丽带去了西班牙，对她的贫血症和痉挛性的大小肠炎进行了一切可能的治疗。她现在感觉好起来了，血指标也达到了良好的四百零三万，虽然还有点低，但已经算不错了，已经没有了贫血症的那种有气无力等等的症状。我们会继续给她治疗的。

麦地那韦西亚医生发现我的血压非常高，200，甚至超过210。我现在在进行非常严格的减肥，几乎滴酒不沾，血压终于降到了 200 以下。但之后血压就再也降不下来了，他还发现了我主动脉的炎症,很显然它缘于和那些超级大鱼进行的搏斗,以及为了照相把它们举得很近。高血压可能有危险,他说,如果我坚持减肥、养生,血压就能降下来,那样所有的问题就都能解决了,身体就会健康了。他觉得我可以在海上旅行时实施这样的锻炼。

然后就来了运河封闭(苏伊士失去了给养),1月2日船也到不了贝拉了(没有给养它最远也只能开到那里),要到1月23、25日才能到。那意味着我们要到2月才能开始打猎。但即便这样还是想来的,可是尽管我进行了最为严格的减肥和养生等等,我的血压还是老样子[海明威删除了:大约在19],在一度降到180/80之后,又反弹至200/105。这样不行,我只得发电报去取消了行程。

我像条疯狗似的对付高血压:早餐只吃一片干吐司,一杯茶,喝水不超过一杯,烤肉、色拉、水果,每顿饭一杯葡萄酒(在西班牙和法国),一小杯威士忌,还有水。动脉治愈前不可以有性生活,最后终于终于降到了195/105,然后又降到180/100,现在到了170/95。所以我赢了,但这是一场没劲的战斗。他们最后终于追踪到动脉里的胆固醇积聚,而现在有非常好的医疗手段来对付它,三四个月应该就能治愈。然后一切都会渐渐地恢复正常。我会和你保持联系,等到明年能出来的时候会向你发出大量警报。期待在9月份,能够舒舒服服地多待些日子。

以上就是我给你的全部信息。

你在取消行程时如果发生任何费用请告诉我,我会把支票寄给你。

请原谅我这封看上去疑心很重的信。我现在甚至都不去看费尔特医生。我在埃斯科里亚尔的时候很随便地问过他关于我常流鼻血的事,他只是说:"你来我这儿检查一下。"

不过,也许检查一下为好。

非常爱你啊,老鼠。有那么多该死的事情想对你说。

祝你俩圣诞快乐。玛丽给你最好的祝福,她正在给亨妮写信。

没法出来我觉得糟糕透了。甚至比写作陷入僵局还要糟。不过我估计你是了解我的心情的。我会全力以赴应对这个的,就像应对别的任何问题一样。

博伊西和布莱奇都去世了,所以我的两肋就有点空虚了。

1月23日离开此地。

爸爸
(.) (.) (.)

最好的狩猎是跟踪猎物

致欧内斯特·海明威
1956年12月23日
坦噶尼喀阿鲁沙

亲爱的爸爸:

你和玛丽没法过来,我们觉得非常失望。我希望不是狩猎园、老伙计等等的事情导致你们没法成行。如果你想在别的什么时间再来，请告诉我，我来帮你们安排。这次我有那么一点怯懦，因为我很希望不要伤害到任何人的感情，但我能给你在东非能够得到的最好的狩猎，如果我运气好到时候有自己的装备的话，你只要付成本价就可以了。但我们俩都会觉得满意的一件事就是，在你用猎枪开火时闻到的那股味道，就像你雇的帮手打中了狮子的屁股一样好。我有过的最好的狩猎，我说的是在最近的两年里，就是跟踪猎物。跟踪起来最有趣的动物是大象，那就是为什么它是非洲仅存的狩猎动物。你曾经写过一篇比较捕鱼和打大象的文章。你说大象只不过是非常庞大而已，但捕鱼你永远也不知道你会在海里碰到什么。这不是一个有效的比较，因为象牙总是神秘的，直到你见到它为止（就像看到一条大鱼跃出水面），任何尺寸都是有可能的，今年最大的一根长一百八十厘米，是在坦噶尼喀西南部的一个地区发现的。如果你拿到坦噶尼喀的居住证的话，在扣除居住证费用后，一头大象还值一千多美元。如果你在林木茂盛处猎捕大象，这些大块头大部分时间都喜欢待在那种地方，你会觉得非常刺激，因为这种打猎主要靠你的耳朵。就在你快要追到的时候，你突然听到草木茂盛处传来很响的声音，那意味着大象闻到了你的气息，开始逃跑了。我奔过去匆匆看了一眼，等我看到一头小象像一头猪似的在它娘的四只脚之间，我又赶紧往回跑。不过，最刺激的一次还是我趴在那里，然后没命地奔起来，因为十二头公牛肩并肩形成一道墙气势汹汹地向我冲来（就像汉尼拔的大象，这词用在这里简直太确切了）。你奔到一个高处,坐下来听它们的动静,它们循着你的踪迹来回跑,就像捕鸟用的猎犬在仇恨和恐惧中不住地猖猖。然后它们鼓起勇气,走出了草木茂盛处,来到一块大约一百平方码的空地,就像一艘军舰冲出海峡进入了公海。然后它们一口气冲进了一百英里长的一片密林。

非常爱你俩的

老鼠

吉米和你玩得很开心

致帕特里克·海明威

1957 年 4 月 11 日

古巴观景庄

亲爱的老鼠:

感谢你的两封挂号信。刚刚写完给吉米·罗宾逊的感谢信。

吉米给我写信说他给你寄了一对很漂亮的杯子。希望它们能平安到达。他和你玩得很开心,老鼠,而且一直都很支持你。我也听说你得到了很好的口头推荐。我的意思是那些胆小的软蛋也想和你一起打猎。如果我说得不对,请你指正,我觉得吉米会对你的胃口,你会喜欢他的。他有很多朋友相信他的推荐,所以有他的支持是很有利的。你希望我做什么,请全部告诉我。我会尽量做一个绝对不干涉你的人。但我知道你的能力和价值,所以不把合适的人引向你就太蠢了。

邦姆比和两个孩子还有帕克都在我这里。他的地址是古巴哈瓦那里奥马米拉马大厦。那是一间很好的公寓,就在阿尔芒达莱斯河口的维达多网球俱乐部的对面。你上次在这里的时候又翻新过了。那里也不算贵,因为条件很不错。不过,生活成本很高。帕克很怀念双峰镇,也或许是波特兰。邦姆比在努力工作。他对待孩子的方式像个天使。

如果你不希望我说格格的事,我就跳过好了。当然这也没有任何好处。以下是关于他的最基本的信息。不管你听到他或任何别人怎么说,希腊人把他的钱全部骗光了。我让他带着一个可能实现的补救计划火速飞到那里,还带着请好律师的钱。他写信说他正在挽救四万镑中的二万五千镑。实际上他是先拿二千镑,余下的将在一年时间里付清。他的自负让他对能收回这笔钱充满自信,就像希腊人开始骗他的时候他写信给我说能赚个几百万时一样自信。我仔细检查了希腊人和格格签的合同,发现这对希腊人来说是百分之一千保险的诈骗合同。但是格格,只要他有钱,他多数会马上把钱给希腊人来支持他本人的神圣判断。他真可怜,老鼠,我真拿他没有任何办法,因为他是那么变态地自负,他既不对自己,也不对别人说实话。

关于圣诞节礼物,我很抱歉。就在我们离开法国的时候,我得到了一把很漂亮的匕首,我没有写信,那是我的错。请替我好好谢谢亨妮。

与两个房东的厮杀真是非常有趣。希望你的牙齿全都完好无损,也希望你在西班牙过得愉快。

写了格格的事感觉很不好,但我觉得应该把我知道的消息告诉你。内罗毕的律师也许在协议里埋了更多的陷阱,而在和希腊人的合同里格列高利的收益是由希腊人的律师提出的。所以你能想象这是怎样的一份合同。我估计他是急于想拿到他的几百万,他担心希腊人会跑掉,或者是把它转卖给别人。那就是骗子不尊重被他骗的人的原因。他会再做我在2月份看到他时他在做的事情[手写:付钱]。

你不要担心别人把你错当成他的事情。我也有个叫"勋爵"的弟弟,我听说,不是从他本人那里,他刚刚再婚了,还听说他和他妻子在一起写书。

告诉亨妮我在驻法部队里遇见了一个又好又年轻的医生,他是从巴尔的摩来的,他告诉我亨妮的弟弟是多么多么好的一个人,还有她爸爸也是一个大好人。这小伙子是跟着布罗伊尔斯医生学习的。

再见了,老鼠。希望你度个好假。

[手写]

一直很感谢你的来信。我喜欢看你描述狩猎的过程。玛丽爱你,还有雷内和邦姆比。期待听到你的消息,非常想念非洲。

用猫头鹰打猎

致欧内斯特·海明威
1957年6月12日
坦噶尼喀阿鲁沙

亲爱的爸爸：

格格来我这里的时候告诉我你病得有多重，这就让我更感激你做的事了。你现在怎么样？无论何时我能提供帮助的话请告诉我，我会尽最大努力的。在某种程度上说，我已经放弃了以前的那种"我不负责任"的立场。

亨妮和我在马德里只待了两周，因为她父亲病重，他们觉得她最好去看看他，所以她要去几个礼拜，留下我一个人待在马德里。我非常喜欢马德里，尽管和战前比它一定改变了许多。有个周日我和亨妮去阿兰胡埃斯吃午饭，然后我们沿河穿过公园一直走到太子宫。那里有很多锦鸡，我估计都是公的，因为母的都在孵小鸡，发出非常聒噪的声音，喂养在泥土翻耕过的养殖场里，在公园里到处乱跑，就像公鸡版的乌鸦。这里的加上以前在卡萨德坎波的，几乎就是西班牙所有的锦鸡了。打这里的锦鸡太简单了，不值得一打。

春季一般不适合打猎，但我打 *alimanas*① 打得很愉快。非

---

① 【原注】西班牙语，害虫。

常像屠格涅夫。在周末和节假日，我和一个叫阿马迪奥·马拉斯塔尼的人一起外出，他有一只活的大角猫头鹰，两只渡鸦，我们会去马德里郊外的各个庄园打猎，打喜鹊、松鸡、猎鹰，甚至山鹰，尽管我们从没打到过山鹰，但确实看到过它们在托莱多山上盘旋。我们从来没遇见过任何庄园主，因为是在禁猎期，但阿马迪奥认识每一个仆人和门房，我们会用庄园里固定的遮帘或我们自己做的来界定猫头鹰和渡鸦的活动范围。阿马迪奥是用猫头鹰打猎的真正的大师。是麦地那切利公爵教他的，他带我去看他的博物馆，我们看见了由本尼迪特布置得很漂亮的全西班牙的鹰隼标本。本尼迪特肯定和艾克利一样在行。我们用一块桃树皮在两根黄铜条之间摩擦发出的声音来吸引喜鹊。那种声音很像受伤的兔子发出的声音，很有效果，对打兔子、狐狸、山猫也同样有效。我记得打猎最开心的一天是在某个周日，在艾维拉南部一个叫坎波扎瓦罗的地方的山上。那是一片人们在那里牧羊的花岗岩地区，还有长着顶端是白色的黑色尖角的黑牛。那里有一座很好的农庄，里面种着很多小麦，大部分是围绕着花岗岩山脉的开阔平地。我们带着猫头鹰和乌鸦上了山，把牧羊人的小石屋当作隐蔽点，但是天上开始乌云密布，然后下起了冰雹，于是我们放弃了，开车下山来到了平地上，他想打一只小鸨给我看。我们没法走到很近的地方，于是我们走到平地上有几只野兔的地方。那种野兔的体形比长耳大野兔小得多，跑起来快如闪电，它们飞快地跑过灰色的草地，然后停了下来，伸直身体坐在那里四下张望。我们在禁猎期里不该打它们，但我们只打了两只，都是用点222

雷明顿在二百码开外打的。其中有一只还是母兔，管理人用手指挤压它的乳头，挤出了一点点奶水。那天下午，我们在平地另一头的山里想要把一头狐狸引过来。我们蹲在一块花岗岩巨石的后面，用尖叫声来吸引狐狸，看到山下艾维拉所在的平原风光美极了，看上去就像非洲一般辽阔，无边无际。这片牧羊的高地到了冬天肯定像极了非洲！就像戈雅的一幅壁画里所呈现的，农夫们带着可爱的小狗在暴风雪里赶猪。我认为卡洛斯三世一定是个像泰勒·威廉姆斯一样伟大的人物。

我在圣伊西德罗看了头三场斗牛，但不是很好。天气寒冷，刮着大风，乌云密布。

我要到7月1日才能去打猎，如果运气好的话。左肩膀的关节处发生了严重感染。就算用四环素也需要很长时间才能治愈。不过现在情况已好转，到那时应该会好了。

爱你们两个。我要给邦姆比写信。

非常爱你的
老鼠

[手绘的猫头鹰] 亨妮也问候你们，猫头鹰之吻。

背运的一年

致帕特里克·海明威

1957 年 9 月 4 日

古巴观景庄

亲爱的老鼠：

非常感谢你从西班牙写来的精彩有趣的信。带着猫头鹰打猎一定很棒。这比赶鸟猎杀的价值高多了，尽管有时候练习练习射击鹌鹑也是不错的，看着它们向着洼地朝你冲下来，你偶尔能打到还飞得老高的鹌鹑。我会寄给你几张这样的照片。我希望你能把阿马迪奥的地址告诉我，那样我就能和他一起外出了，如果你不介意的话。

格格在基韦斯特陷入了非常困惑的状态。他想治疗，现在在迈阿密看病。我昨天又和他的医生谈过了，他说治疗进展得很好，第一个疗程后已经有了明显的进步。我在处理他的医院、医生的账单、治疗等等的事务。

今年是背运的一年，老鼠。请原谅我不把详情写给你了。我不想用我的烦恼来打搅你，我估计你对格格的事也多少知道一些。也许知道得比我还多，尽管我还是会写信告诉你我认为你需要知道的信息。我没听到你的意见，所以我估计你是不想介入，这也很正常。在有人不得不接盘之前，我来处理好了。

邦姆比得了严重的流感，没有照顾好他自己，我们求他务必要卧床，可他妻子却让他带着高烧去参加派对。结果得了很严重的病毒性肝炎，卧床了两个月。糟糕的安排带来了倒霉的厄运。厄运也找上了他。

玛丽一切都很好，她问候你们俩。

在节食锻炼上坚持非常严格的规定，等等。胆固醇已经从428（非常危险）降到206（正常），血压从200/105降到138/68（非常好），体重一直维持在二百零五磅以下。到今天为止已经持续六个月滴酒不沾。这些对心脏什么的都大有裨益。尽管你非常渴望喝酒，不能喝酒对你的神经打击很大。

丹尼斯在这里钓了二十年鱼，这次可说是最悲惨的一次。我就不形容它了。钓大马林鱼的事。他钓到了一条三百三十四磅的，尽管如此，他也不算是彻底失败了。他说了你的很多好话，我和玛丽都为此骄傲。

有时间请给我写信。你也可以写信给格格，通过我转交，或者通过萨利先生。

随信附上华纳的支票。

非常爱你的
爸爸

有时还有狮子

致欧内斯特·海明威
1957 年 10 月 10 日
坦噶尼喀阿鲁沙

亲爱的爸爸：

9月1日开始我和一队人出去打猎了。一对夫妇，来自伊利诺伊州威顿的皮尔斯先生太太。他在橡树园生活过好多年。一个很难对付的客户，但是人很好。他打到了各种大型动物，但对豹子运气不佳。他打它的那一枪打得不错，只是距离稍微有点远了，我们没能在天黑前追踪到它。到了早晨，它全身就只剩下一只脚了，其余部分都被鬣狗吃了。

很高兴听到你和萨利先生在照顾格格。他上次离开这里的时候状态很不好。我不知道是怎么回事，他不告诉我，但他看上去忧心忡忡的。关于他的经济状况，我没有任何确切的信息，因为他一向什么也不对我说，而他从牙缝里挤出来的那么点信息又往往自相矛盾。我觉得希腊人没有得到的，一定被简恩得到了。我觉得他根本不在乎是哪个得到了，他简直像个圣徒。我觉得格格也许适合做个圣徒。我可以在圣坛装饰画里看到不远的将来：1) 格格，他老婆，孩子，还有保姆，坐船去了非洲；2) 格格和一群坏蛋混在一起；3) 格格被希腊人骗得倾家荡产；4) 格格永远地告别了老婆孩子,他老婆手里拽着两大包坦桑尼亚先令;5)格格和一群大象在一起;6)格格归来:从非洲到美国,如同徘徊在炼狱里的灵魂,处在生者和死者的世界之外。对他近来的生活我找不出别的形容词,除了圣徒式的。我觉得萨利先生会同意我的说法。

亨妮得了非常严重的亚洲流感,不过现在已经好了,她现在在阿鲁沙这里的阿加汗学校里教三年级,她很喜欢这份工作。我现在已经回家几个月了,我们非常期待着相聚的那一刻。我们真的已经有三个月没见面了。

非常感谢你的支票和你带来的基韦斯特的消息,格格减租这个事可以画成又一幅漂亮的祭坛画。很遗憾听到邦姆比病了。我知道派对那种事真的很要命。我觉得自己从没被感染过,除了在我疲劳过度的时候。不过,有很多派对的事肯定是他工作的一部分。我知道因为我也是的。我不喜欢狩猎的一个地方是你永远也摆脱不了客户,一场狩猎的结束总意味着下一场的开始。

听到你战胜了高血压,你不知道我有多高兴。所以我猜,玛丽一定把你照顾得很好,还有你自己也在照顾自己。我真想见到你们俩。

过去的几个礼拜里我思考了一些问题,因为我有点厌倦坦噶尼喀游猎有限公司了。这里有很好的装备,道格拉斯也确实是个好人,但当你带队出去打猎时,一切成败就都由你负责了,而客户每个月付的三千美元里你只拿六百。在这件事上我很想听听你的意见。没有人是一座孤岛,等等,但是为自己打工不是更好吗?

247

我打赌丹尼斯一定玩得很爽！他现在会说西班牙语了吗？告诉他要有信心，不要忘记和他一起钓鲯鳅的老朋友。等他回来一定要来看看我们哦。

　　现在的天气很好，晴朗、干燥、凉爽，我在离阿鲁沙只有三十英里的山区发现了一个很可爱的小地方，那里各种猎物应有尽有，但没人打猎。从我家开车过去大约一小时，那里真的很棒。灌木林里开满了野茉莉，空气芬芳宛如波斯的古诗。那地方在一座山岭上，从那里可以俯瞰整个峡谷。非常像基坦加，但这里有大象、犀牛、猎豹、野牛、狷羚、黑斑羚、牛羚、葛氏苍羚、汤普森瞪羚、斑马，有时还有狮子。

非常爱你俩
向丹尼斯问好
老鼠

我就可以有话支持你了

致帕特里克·海明威
1958 年 2 月 26 日
古巴观景庄

亲爱的老鼠：

　　我给你的那封附着支票和格格的消息的信正好和你那封写

着新的私人收件地址的信走交错了。等你收到我的这封信时,多半已经外出去打猎了。

你看,老鼠,等你有空的时候能否来信给我说说你为什么和道格拉斯分道扬镳了?原因是有许多人在打听你的事,其中有老朋友,也有预期的客户,对于后者来说你总想能够给他们你希望给他们的服务吧,因为你已经建立起了自己的事业。对于客户来说,总想得到比我唯一知道的"道格拉斯在恼羞成怒中解雇了我"更多一些的信息。

我知道你为他工作不太愉快,最后终于决定建立自己的商号。但我已经给你提供了一部分客户,今后还会继续提供的。你给我的任何私人信息我都会保密。你想公开的任何信息我都会为你公开。你现在自己做生意了,不是为别人打工了,而善意是一个人最了不起的财富之一。在善意的后面还有无数别的东西:你的知识,你的健康,你受过的训练和能力,比如你的语言能力和你的天赋,但这一切的前提必须是善意。所以请给我点信息,那样有人问我究竟发生了什么事的时候我就可以有话支持你了。

说真的,老鼠,戈蒂打狮子那一段真把我给吓到了,伙计。你能否给我画一张示意图,显示出那支大枪当时所在的位置(枪栓)?或者在你留白的地方稍微补充一些内容进去。你记住可怜的老爸能听到狮子不开心时发出的埋怨,能看到它四处逃命。别让我等待,快给我看到真相。永远也不要轻视你的客户,你看见过有谁的一张脸长得比彼得·巴莱特更没有魅力的吗?当老天用抽签来决定长相时,他的运气真的是糟透了。他似乎是个好人,但他的故事总停顿在枪卡壳了，瞄准器发生了什么神秘的问题，这样那样的糟糕情况。很高兴他总算平安归来了。

给我写信，老鼠。

必须搁笔了。下次会写信告诉你全部的消息。

非常爱你的

爸爸

第一次和付钱的客户一起去打猎

致欧内斯特·海明威
1958年8月5日
坦噶尼喀阿鲁沙

亲爱的爸爸：

非常感谢你的生日支票。真希望我们能欢聚一堂为你庆生。不过，我知道你过得很好，写作也进展顺利。我们俩把最美好的祝愿献给你。

生意不错。我今天要去尼戈马签一份新客户的旅行合同。所有的准备工作都很完美，不过第一次和付钱的客户一起去打猎总要修饰一番的，这次旅行将开始于9月29日。从那时起，我要一直忙到明年3月。一直在做书面工作，记账什么的，直做到昏天黑地，不过还是值得的。丹在纳曼加帮了不少忙，但问题是他一天到晚唠叨个没完,我根本没机会对他说想说的话。他看上去很开心。每个人都想把他嫁出去,但他似乎像个男子汉似的抗拒着。

亨妮的学校现在在放一个月的假,埃尔西·布莱克本将从达尔北上来看我们。她们将举行一系列的厨艺比赛,我会收割她们的胜利果实。阿鲁沙有它不方便的地方,但在食物方面你需要的它全都能提供。

非常感谢邦姆比和你的帮助。吉米给了我一份写得很好的《9月体育赛事概览》。我会写信告诉你今年的狩猎情况。西部有许多地区因为牛瘟关闭了,不过人家说马上会重新开放的。天气一直阴阴的,感觉很冷,不过最近几天是晴天,很高兴又能看见太阳。

非常爱你和玛丽的
我们俩

渴望的煎熬

致帕特里克·海明威
1958年9月20日
古巴观景庄

[玛丽和欧内斯特合写]

周六夜,9月20日

室内温度 82 华氏度

最亲爱的人们：

  我刚刚读完艾伦·穆尔黑德在最近一期《纽约客》(9月6日) 上的文章，文章是关于他和露西去卡拉莫贾旅行的，然后他们又北上去了鲁道夫湖和图尔卡纳，艾伦那样出人意料地用眼睛、耳朵和鼻子什么的进行了深入、缜密、敏锐的研究，然后用那样显而易见的轻松、优雅的文笔写出了这篇游记（我的意思是，它就是这么写出来的），这篇文章把我逼入了渴望去周游世界的煎熬中。渴望在荆棘树中间的一条尘土飞扬的土路上驱车前行，渴望在旁边开满小小野花的火山岩周围攀越，如果我还有那份体力的话，渴望在清晨抬头望见乞力马扎罗山上的一朵自由飘荡的云，渴望和艾伦、露西畅谈，他们是我最珍惜的英国老朋友（战前我们都在《每日快报》工作，那时我们多年轻啊，是二十六吧?）。如果还有可能的话，渴望和老朋友们叙旧，诸如查罗、恩贝比亚，还有亲爱的姆温迪，她恐怕已经去世了，不过，**他们中的大部分人现在还和你俩生活在一起。**那时除了爸爸以外大家说话的方式都和老鼠你一样，现在已经过去了好久好久，这使得我绞尽脑汁冥思苦想，想要重新回忆起那些早已遗忘的零零碎碎的生活画面。

  此时此刻，在我遗忘之前，请听我说，亲爱的老鼠，我相当自信地认为，当一个人成年后那些孩提时代的绰号就不再适合他了，所以我只在私密的场合才会使用它们，因为我觉得它比正式名字代表着更多的感情，更紧密的人际关系，但是在公共场合，我还是会用正确的正式名字。(帕克把他们的狗叫做邦姆比，我到现在还愚蠢地为此耿耿于怀。那条狗很可爱很温柔，他们把它给了我们，它年纪大了，身上有时有股味道，他们要搬去旧金山的新家，不想要它了。)

亨妮，我亲爱的玫瑰花，我好想你啊。你垂下眼帘的样子，你甜美清脆的嗓音，你的乐观，你的睿智，你对我的崇敬之情，总让我觉得你生在这个时代是个小小的错误，你真的属于年轻的戴安娜·库珀女士所处的那个时代，她写的回忆录正在《妇女家庭杂志》上连载，你完全契合于戴安娜所描绘的她的那个青春年代，那个充满鸟语花香的世界，那个透明欢愉的诗的世界。这本回忆录比我期待的达夫在"不露锋芒的西线"(写的那些事仿佛就发生在眼前)里写得还要好，尽管她的受教育程度并不高。戴安娜女士当时写的信件和现在写的回忆录都很有趣。①(我尽量避免"可爱"一词，因为它显得非常造作，尤其是在战争年代，它就像是一种亵渎；不过这需要多多练笔。)我把你的彩照挂在我的房间里，亨妮，我很喜欢这张照片。

贝拉古巴毫无疑问是个垃圾的地方，于是我们去外西部(我觉得这是一个词)，去山里走走，也许打几只鸟，也许甚至打一头野兽来当饭食。爸爸在纽约给我买了一把曼利奇 6.5 的小巧玲珑的手枪，我想把它用起来。

---

① 达夫·库珀（1890—1954），英国外交官、政治家、作家，前英国驻法大使、信息大臣。其妻戴安娜·库珀年轻时是社交名媛，也是一位优秀的作家，三卷本回忆录记录了上世纪英国上层社会的生活。

帕比·阿诺德说山里没什么变化,即便城里人满为患,空气依然清凉干爽。我们要在村里(凯彻姆)的一个住处待三个月,也就是要一直待到圣诞节前,除非这里太糟糕,或者爸爸再也承受不了那些追着要签名的人。地址只要写"凯彻姆,爱达荷"就足够了,明信片、信件,都大欢迎。[海明威插入:如果凯彻姆不好,就动身去非洲。总之会在这里待一个月,散散步,练习练习射击,这样我们去非洲打猎就行了。除了游泳以外,没做别的锻炼。不过,体重已降至二百零五磅。]

爸爸

在这又热又湿的环境里,爸爸像个特洛伊人似的埋头苦干,保持健康,体重降至二百零五磅,每天在泳池里游四分之三英里。(我每天游一英里,直到感染了一种病毒,它就像宣传里的那种空军的火箭一般容易暴发;不过有段时间,我在三十一天里游了三十一英里,这对保持身材有好处。)我们在慢慢好转(我估计,这次和去年秋天让我卧床一个月的是同一种病毒),我觉得愉快的心情再加上即将到来的凉爽气候,就能永远地赶走这个病毒。

[玛丽手书] 祝好运,好运,好运,献给你们一篮子的爱——玛丽[画了一只篮子,上面有个圆圈,圆圈里写着"一篮子的爱"]

[海明威手书] 非常爱你俩的,爸爸

[玛丽在空白处手书] 格格似乎仍在迈阿密大学上课。老鼠，你有了好的客户吗，打猎进展如何，天气怎样（艾伦信上写，阴沉沉的天）？亨妮，你还在学校里教书吗，学生们淘不淘气，你好吗？我在凯彻姆做厨子、洗碗工什么的，但我觉得像是在度假，因为我有写信的自由时间。我们有一个明年夏天去西班牙的模糊的梦，你们有什么明确或模糊的计划吗？亲爱的孩子们，如果我现在还不打住，想必大家都要睡着了。

带着自己装备的首次狩猎

致欧内斯特·海明威

1958 年 11 月 18 日

坦噶尼喀阿鲁沙

亲爱的爸爸和玛丽：

我把这封信寄到凯彻姆，这个名字当然勾起了一些回忆。秋天一定很美。你们那里已经下了第一场雪吗？

我刚从带着自己装备的首次狩猎中归来。我的客户是一伙西班牙人，从瓦伦西亚附近的孔泰内特来的西莫·艾纳特两兄弟，所以我现在对瓦伦西亚方言可说是相当地了解了（*a fer la man*, *chiquet*！）。我们进行了一场非常艰苦的狩猎，持续了二十五天，但是收获颇丰：两头大象，两头野牛，一头犀牛，一头豹子，还有一头漂亮的狮子。爸爸，我估计你知道，不在为 VIP 预留的特别区域里打猎有多么困难。我希望可以带彼得·巴莱特一起去，让他做豹子的诱饵，这个愚蠢的混蛋。我怀疑这样的话他的尸体是否会像狒狒一样迅速地发臭，或者像疣猪一样带点甜味。

玛丽，我知道非洲听上去有多美，尤其是在艾伦·穆尔黑德这种好作家的笔下，确实是很美，但我认为只有一种非洲是有价值的，仅仅欣赏这种非洲而不卷入生活在这里的白人世界里是很难做到的。他们是怎样的一群人啊。只有西默农能够准确地描绘出他们，他们在针对一些鸡毛蒜皮的小事上个个都是大师，就像看着这片曾经的危险之地上的一只猎鹰那明亮、冷酷的眼睛上的一层阴翳。木木前两天告诉我，他小时候在坎巴地区遭遇的饥荒是怎样的情形。他父亲为了给自己和家人搞点无花果吃，从一棵野生的无花果树上掉下来死了，那棵树长得就像你曾经在下面宿营的那一棵。另一种食物是草籽，哪怕是在饥馑年代，这里的草也能结出草籽。木木从基特尼跑到塔纳河，对一个小孩来说，在这种地方这一路上是很艰苦的。他来到塔纳发现那里没有饥荒，因为那里的渔民有足够的鱼和河马肉可吃。

现在这里的生活有点无聊。我到1月6日为止没有任何行程，亨妮在忙着给那些小印度人安排期末考试。她说她准备在12月里辞职不干了，除非他们每月给她六十镑。关于这件事还有的谈了。估计他们会妥协。阿鲁沙的雨季估计就要开始了，每天早晨都越来越潮湿闷热，到下午两点就会乌云密布，在山里的什么地方一定已经在下雨了，不过镇上的雨水还不是很多。

请你收到此信后给我一封写有你地址的短笺，这样我就知道该往哪儿给你寄信了。

非常爱你的
老鼠

[帕特里克随信附上发表于1958年10月号的《非洲生活》上的《游猎概览》一文，文章讲述了他作为一个白人猎手的职业生涯]

一个例子：

他从八岁起开始打枪，一旦迷上了，他就没法"收手"了。"打猎不仅仅是一种运动，"他说，"它是一种你无法摆脱的病，至少在你上了年纪之前。"

古巴现在真的很糟

致帕特里克·海明威
1958 年 11 月 24 日
爱达荷州凯彻姆

在 **1959 年 1 月 15 日**之前都是**凯彻姆**

之后直到 **4 月末**为止是**观景庄**

亲爱的老鼠：

今天收到你的来信，很高兴听到你和亨妮的消息。

自从我们10月6日驾车出来,这里的一切都很好。和布鲁斯一起从基韦斯特开车出发,就像以前开车北上去往佛罗里达的佩里(现在成了一个大型的高速公路枢纽站,有很好的汽车旅馆),那里以前松香味遍野,是关镣铐囚犯的大本营。然后在北莫比尔穿过密西西比河,来到田纳西的某个地方,然后继续北上穿过伊利诺伊到达芝加哥。在芝加哥接上玛丽,再从洛克福德开到加莱纳,穿越伊利诺伊的北部,这片地区地势连绵起伏,非常优美,看上去就像法国的多尔多涅,有时又像英国的巴克斯。穿过密西西比河到达迪比克,加莱纳是一座很好很美的小镇,到了那里你就会知道为什么格兰特将军在这里只是个无名之辈。开车穿过艾奥瓦,二十号公路是一条很漂亮的公路。再穿越内布拉斯加北部,那里是很好的沙山草原鸡的产地,就在北边还有苏族印第安人的保留地"玫瑰花"等等,所以到了晚上就有很多印第安人,还有好吃的牛排。打猎季开始的时候,怀俄明西部就会有很多车顶放着公羊的汽车。能看见许多飞鸭,还有许多锦鸡。开车到司各特的布拉夫北部和图林顿,它们位于美国的北纬30度线上,然后进入卡斯帕尔,再往北穿越布法罗和谢里丹,跨过大角,来到科迪。第二天再穿过黄石公园,在那条新建的超级公路上南下至布莱克福特,进入凯彻姆,在下午五点左右到达皮卡伯。我们过了一夜;中午时分从芝加哥出来,有天晚上在艾奥瓦的费佛一带(穿过帕克斯堡,妈妈就是出生在那里的)还有戴厄斯威尔,那是我的祖父汉考克在卡拉斯卖掉"伊丽莎白"号帆船后把孩子们带来美国定居下来的地方,他们徒步穿越巴拿马地峡，定居在艾奥瓦，那里当时还有很多印第安人，还有别的汉考克家的亲戚也定居下来，其中有一个去了黄石一带，成了比刘易斯和克拉克还早的山民。看看小小的英国人的城镇，以及费佛那里富裕的德国人的乡村小镇，是非常有趣的。我有次开车送古斯舅舅去过那里，我们只是碰巧路过而已。我想让玛丽看看的是伊利诺伊州北部的优美风景，那里自从以前我和爸爸坐着车带着两只狗去打草原鸡以来就再没去过。

然后，有天晚上我们在内布拉斯加过夜，就在"玫瑰花"保留地的南面，第二天在科迪过夜。那是一段非常美妙的开车旅程。在科迪的老伙计们依然如故，免不了有一些酒友去世了，或者像《黑利时报》上的说法，被上帝召回了。

现在这里是美好的秋天，变化不大，有很多鸭子（本地的）。在下第一场雪之前，北方人是不会来的。十天前有一场暴风雪，但北方的鸭子依旧会来。玛丽现在打被围赶的锦鸡、鹌鹑、鸭子已经很拿手了。

我也打得不错。体重在二百零四到二百零六磅之间。前天我的脚崴了，所以现在坐在这里给你写信，本来要做别的事情的。

每周写作四天，打猎三天，如果进展顺利，有时下午也会去打。

帕比和迪里①都很好，都问你好呢。我们住在小溪旁边的

---

① 摄影师罗伊·R.阿诺德（帕比）和他的妻子迪里。帕比著有《旷野高地上的海明威》一书。

一栋小屋里，不过12月20日又要搬到另外一个地方去住了。

到1月6日为止可以一直打鸭子。

我想在这里结束这本书，然后回观景庄处理那边的各种事务、工作和手稿，申报所得税，然后去西班牙的圣伊西德罗，在那里度夏。之后在秋天我想去非洲。

古巴现在真的很糟，老鼠。我不是一个特别胆小怕事的人，但是生活在一个没有是非的国度里，两边的阵营都很凶恶，知道会发生谋杀之类的事，而新人上位以后又会滥用职权，我现在真的已经受够这些了。我们受到的待遇还不错，就像在别的国家里一样，我们也有一些老朋友。但是这里的情况不好，谋杀就发生在你身边。这封信得完全保密。我也许会离开这里。未来看上去很糟，海湾里已经有两年无鱼可钓了，而最终，沿岸一带也将失去自由，每一块旧地都遭到了破坏。

汤普逊先生非常想和你一起打猎。他有钱这么做，也想在死前这么做。T太太也会陪他一起去，但自己不会参与打猎。我和他商量了此事，建议他尽量提前一点预定好，这样到时候才能玩得尽兴。没法给他很多消息，因为你来信告诉我到明年10月你都约满了。我建议他不要约雨季，因为他们除了战利品（那些大羚羊、水牛，[海明威插入：犀牛]都是很难打的），更想在非洲好好地打一场猎，那就要在开始前确认好时间和地点是否合适。如果你想和他打猎，我会把他的条件呀要求什么的具体细节都告诉你。在我们回古巴的路上会见着他们的。

萨利先生很好，但很孤独。如果你能给他寄张圣诞贺卡，他会高兴的。

我们刚刚收到一封丹尼斯的信。他没事,但有点阴郁。我觉得他和我们在一起真的很开心,尽管没钓到什么鱼。吃得好,看的书也好。

谢谢你寄来的《非洲生活》上的这篇文章。那人当然是出于好意。彼得·巴莱特真的是个混蛋。老吉米·罗宾逊是你的哥们。我也许可以和《观察》达成某种协议,也许能够帮到你,但我总是担心因为和我的联系给你造成额外的负担。

如果故事里带一些照片就会显得自然一些,但我尊重你的决定。

非常爱你,老鼠先生。玛丽会给亨妮写信的。

爸爸,体重二百零五磅

地址信息见本信

他们是快乐的一家子

致欧内斯特·海明威

未写日期

邮戳：1959 年 5 月 12 日

坦噶尼喀阿鲁沙

亲爱的爸爸：

在美国的最后十天我得了流感，一开始以为是疟疾，但结果是令人浑身骨头痛的流感，但我们还是安排了去好好拜访一下邦姆比、帕克和两个小姑娘。大的那个玛菲特，已经出落得非常漂亮了，很像她妈妈。邦姆比和帕克有一个很有魅力的现代风格的家，我觉得他们现在比在古巴时幸福得多。我被邦姆比感动到了，他竟然又掌握了一门职业。大多数人只能在一门职业上取得成功，而邦姆比现在靠自己的力量掌握了两门。他们是快乐的一家子。

现在这里的一切都是政治，白色、黄色、黑色人种的问题搞得特别复杂。我所关心的只是它们对打猎的影响。不久之后，我们就将迎来一位非洲籍的坦噶尼喀自然资源部的部长。这个是好是坏现在还不是很清楚，也没法说，不过这确实意味着改变。今年 7 月林业局就将从阿鲁沙迁往达尔，就是为了和这位新任的部长保持更紧密的联系，呵呵呵。

西班牙怎么样？我真希望我的打猎季没有开始得那么早，那样的话我们俩现在就都能在那儿了。如果有机会，你去马德里自然历史博物馆看一看那头神奇的大紫貂吧，是耶韦斯[①]打到的，或许你已经见过了？如果那里的标本和自然博物馆里的一个姿势，你会感到伤心的。爸爸，你能否和葡萄牙大使交涉一下（我碰到的那人对你非常崇拜），看看能否获得收藏人的许可，在同一座博物馆里放两尊大紫貂的标本？我真希望和你一起去做这次旅行。我相信安哥拉是一个很有趣的地方，现在甚至比东非更有趣，东非现在是政治之家，大多数游客会去狩猎。B.E.A.[②]的口号就是剥光游客的所有，而且如果可能尽量不给任何回报。陪同参观妓院的旅游。观看美丽的妓女们是如何着装的，观看她们有趣的刷牙方式！在打猎方面也有"旁观者"这么一种角色。东非到处都是这种旁观者。我非常尊敬自然生物学家以及拍摄大自然的摄影师，但是大量的旁观者就是害虫，就像一群狒狒，不论在哪里都会拉大便。实际上，过了几分钟他们就会厌烦猎物，除非他们能对着什么动物扔石子。有个非洲人看狮子会看入迷，因为他记得他爷爷是怎么被一头狮子吃掉的，最后人们只找到了他的脑袋，脸上的表情很平静。他对大象也很着迷，因为他还记得小时候在小屋里趴在妈妈的脚边，而他爸爸则出去对着一头巨大

---

① 西班牙贵族、第八代耶韦斯伯爵爱德华多·德菲格罗亚·伊·阿索隆-马丁内斯（1899—1984），是建筑师、政治家、作家，同时也是一位著名的猎手，西班牙皇家狩猎联合会名誉主席，著有《猎兽捕奇二十年》一书。
② 英属东非。

的动物的前额射了一箭,因为那畜生吃了他家已成熟的高粱,那就意味着饥饿、大肚子。孩子们在大人们的严格监督下拼命寻找着虫子,以防他们自己把虫子都吃了,如果下一场雨季依旧干旱,就会饿死人的。你一定见过在老家的奥地利人也有差不多一样的感情。等他了解了一头大象,他就会喜欢上大象,就会理解大象不是一种无聊的动物,我自己也做过这样的"旁观者"。

感谢你对德尔·梅里托侯爵谈到了我。他是你的好朋友,因为我是你的儿子,所以我们在马德里的时候他待我非常好。我刚刚在多尼亚纳猎场读了一本盖伊·蒙福特(西班牙)的书,书里的插图非常精美,书名叫《荒野的肖像》。那里一定是个好地方。西班牙是个充满了神奇的地方。读着耶韦斯的书,让我觉得垂涎三尺。甚至我和阿马迪奥·马拉斯塔尼带着猫头鹰打害虫这种不值一提的小事(这真的是一种德国人的运动),也向我展示出西班牙猎手有多棒,哪怕是个业余的。借助桃树皮发出的声音,他可以把狐狸召到自己的身边。那场疾病把西班牙所有的兔子都干掉了吗?还是在西班牙较为温和的气候条件下,疾病的威力没那么大了呢?

[手书] 贝利亚怎么样了?

一定要搁笔了。非常爱你们俩。爱你的

老鼠

边边角角的地方

致帕特里克·海明威

1959 年 8 月 5 日

西班牙马拉加

亲爱的老鼠：

很抱歉这么晚给你回信，但你知道西班牙是怎么个样子，这是一个艰难的季节。首先我必须告诉你，我们遇到了和你一起打过猎的那个人，他和他老婆一起从瓦伦西亚来到了马德里。如果他表扬你的话有一半是真的，那啥时候和你碰一下头还是很有价值的。还有一个人叫安德烈斯·B.扎拉，他对你的赞扬甚至更为热烈，但我不知道他是否真的和你打过猎。希望他打过。你在西班牙有很好的人缘，我觉得我们啥时候一起来这里会是个好主意。我们一定会玩得很开心。要是有人在小巷子里要我给《丧钟为谁而鸣》签名，你能帮我脱身。

安东尼奥真棒，勇敢，坚韧，对斗篷和红布的运用简直令人难以置信。他杀牛的速度飞快，但除了最后一击之外，动作还是有点小失误的。但他杀牛的动作确实很优雅，处理得干净利落。对于斗牛和这整个行业，我每天都学到很多。能够回到这里观看斗牛，能够有机会在西班牙各地观光，能够在不同的季节里多次走同一条路，实在是太棒了。我们住着的这个地方十分可爱。比尔·戴维斯是你在太阳谷见过面的老朋友，我们有次在一起打长耳朵野兔。沿着海岸去了你的地方，也去了安东尼奥的牧场，它在塔利法的北部，在卡迪斯能看见奇卡纳的一侧。那是一片我从不知道的乡村，你肯定会非常喜欢那里的。我们在海边一个叫康尼尔的地方买下了一块地。一切都像在以前，在一切还没有遭到破坏之前。美丽的海滩，美好的人们，真正的阿拉伯小城，就像科希马那里的好渔夫。和安东尼奥在一起就像和你或邦姆比在一起，只不过必须一直让他比较吃力而已。他5月30日受了一次伤，后来又受了一次伤，不过差了四分之一英寸没伤着股骨头，他的股骨头上有以前被牛角顶伤留下的老伤。他总共被牛角顶伤过十三次，但一次也没有害怕过。有时他会在夜里觉得害怕，我们谁都会这样，所以他喜欢在白天睡觉，这做法很聪明，但他是真的热爱这份工作，也是真的喜欢牛。我们在一起很开心，真的很开心，他非常信任我，我希望自己好好待他。有许多不值一提的人围在他身边，有些还很坏，但我们把其中的大部分都甩掉了。我们在这次旅行中遇到了非常好的人，我从没过得这么愉快过，也为写《死在午后》的附录准备了非常棒的材料，斯库里布纳说这本书会有一种崭新的效果。随信附上几张家庭照。

还有莱斯和他的蠢脑瓜这个老问题。如果有哪个混蛋应该要被枪毙的话，他不知道已经被枪毙多少回了。但我非常努力地工作了近两年，几乎一刻不停地，所以我对已经做好的和接下来要做的事充满了自信，所以我能处理好因他的疏忽造成的一切损失,但我过了今年真的必须摆脱他了。

希望你打猎愉快,请来信把你的计划告诉我,等你有时间写信的时候。当然肯定有什么地方有不好的犀牛,在那种地方你可以获得许可干掉它们,想到乔克·亨特为里奇打掉的那几千头犀牛,我们会觉得很伤心。菲利普写信来说我绝对不会愿意回到像现在这样的一个地方,但我认为总会有一些边边角角的地方依然保持着美丽,我们可以去那种地方打猎,只要我们不以打到"五大兽类"为目标即可。

爱你和亨妮。下次我会尽量把西班牙写得详细一些。从没见过像今春这么多的鹳鸟。遍地鸟粪。

爸爸

向导不是一种纯粹的乐趣

致欧内斯特·海明威
1959 年 8 月 17 日
坦噶尼喀埃亚西湖

亲爱的爸爸:

很高兴收到你的上一封信,告诉了我关于西班牙和那里的人们的事情。你去马拉加周围看过海了吗?我以前仅仅去过一次,但我记得那里有多可爱。你在卡迪斯附近的住所听上去很不错，你拥有真正的大西洋。那里有剑鱼吗？

是的，狮子和犀牛很有人气，尤其是有那么多客户想要打这两种动物，但你还可以每年打三头羚羊、三头大象，还有一些可以打狮子的地方依然开放着，但那些地方适合的季节是6月和1月下旬，还有2月。我在6月里为我的客户打到两头很棒的狮子，其中一人是匈牙利的犹太人，但不像卡帕那么友善。他以前在战备物资上发了财。从来没有哪头狮子死于比这个更卑劣的理由了。

我现在正带一队人出来六十天（怀俄明州拉勒米的吉姆·盖伊，俄克拉何马州迈阿密的W. 威尔胡夫），上周我把路虎车上的半轴给弄断了，后来在阿鲁沙修车的时候收到了你的来信。昨天我们的运气好极了，仅隔了四十五分钟就用不同的诱饵打到了两头豹子。吉姆自己打到了一头，我和威尔伯按兵不动。我到9月底为止一直都在外面，10月份休息一个月，然后11月初和汤普逊一伙人出去四十五天。本季的最后一次旅行将是在1月和2月里的四十五天，客户是一对比利时夫妇。

我的肩膀里面好像得了某种感染。昨天疼死了，昨晚我给自己打了一针盘尼西林，今天感觉好多了，只是有点僵硬有点酸，而不是抽痛。

上一次旅行亨妮和我一起去了，非常好的一次旅行，她也玩得很开心。她看到我们打死了那头狮子（在第四十一天！），还有一头野牛。

很高兴你遇到了托尼。他是个非常开朗的小伙子，一个出色的猎手，不过正如他自己说的，他喜欢做对他来说相对容易的事，而工作当然不会一直都很容易。出于某种理由，人们会惊讶地发现，向导不是一种纯粹的乐趣。

我们的下一个营地会设在很南面，就在鲁夸湖北面的卡塔维保留地的东面。我们预定了一个很好的地方，希望能在那里打到紫貂。马伊托和罗伊·霍姆一起打紫貂的那个地方即将关闭。罗伊的年纪已经很大了，但他还是会一起出去打猎。狩猎园破产了。也许帕西法尔先生已经写信告诉过你了。

现在我要出去做下午的游猎了，所以暂且搁笔。爱你和玛丽。

非常爱你的
老鼠

在有生之年再去一次非洲

致帕特里克·海明威
1959 年 8 月 26 日
西班牙马拉加

[欧内斯特·海明威口述信，非亲笔书写]

最亲爱的老鼠：

非常感谢你在百忙中这么快地回信。很遗憾听到你的肩膀问题。这是什么样的感染？你是怎么被感染到的？如果你能给我具体的信息，我会给太阳谷的乔治·萨维尔斯写信，让他给你寄一些好一点的新的抗生素。他已经成为一个真正一流的医生，我的所有问题都是他处理的，他就像莫里茨医生一样好。今年夏天他来巴塞罗那和瓦伦西亚陪我们，给包括安东尼奥·奥多涅斯在内的全体人员做保健医生，安东尼奥在瓦伦西亚把一头公牛献给了他。他会很快为你搞到药物寄过去的，他也会对你的药箱里应该备些什么给出指导意见。抗生素发展的速度非常之快，盘尼西林已经过时了，而且在使用上存在着风险，如果反复使用的话，就像炉甘石。

  托尼似乎是个好孩子，而且在他自己的镇上很有人气。这里现在非常流行去非洲打猎，到时候我相信你会有足够的客户的。

  我没有时间去看海啊。这封信不会很长，所以这里好多必须要告诉你的情况以及我在钓鱼和打猎方面的收获没法对你说很多。

  明年我想把"皮拉"号带来这里，集中精力在沿岸和海湾里钓穿越海峡的大剑鱼和金枪鱼。归功于霍奇在电视上做的工作，我们将有机会获得一大笔钱，还有拍电影的计划，尽管拍电影就是一种赌博，而且交完税后几乎也剩不下几个钱。不过，今年一旦把税交了，情况就会好起来，如果我们运气好的话。我的手稿进展得非常快，而且我花在审阅去年的手稿上的时间开始在挖掘手稿的深度上获得了回报。

斗牛季不像 1944 年和巴克一起的那次那么糟糕，不过斗牛士还是在不断地流失，很多人在突然出现后又迅速地销声匿迹。不论你在报纸杂志上看到什么，安东尼奥都比路易斯·米格尔优秀得多，他的诚恳、他的实力、他的无所畏惧，几乎在他们的竞赛中毁了他。根本上来说，关键的事实是路易斯·米格尔害怕尖角没有被修剪或切除的公牛，而安东尼奥可以对付任何一头公牛，不论它的尖角有多锋利。他非常想我们和你一起打猎，也想和我同丹尼斯一起打猎。这样能节省点动物。在 10 月秘鲁的打猎季结束后，他会和我们一起去太阳谷，在 12 月哥伦比亚打猎季开始前他有的是时间。随信附上一份我们将在 9 月里进行的狩猎清单。不可能每个地方都去，但会有一些很好的旅行。

请把你的肩膀情况告诉我，老鼠。尽量照顾好你自己。我估计你会发觉汤普逊先生不能长时间旅行，而 T 太太根本就没法旅行。所以你在这个基础上安排就是了。我知道他们只要能去那儿就已经很高兴了，而且即便有那些限制，我想你也会让他们玩个痛快的，不过别把他们搞得太累了，不然他们会崩溃的。他们真正需要的是，在有生之年再去一次非洲，所以你知道该如何应付了。

非常爱你和亨妮。

[以下部分为欧内斯特·海明威的手书]

爸爸

黄石西部的地震情况怎样了。我想打 SOS 都想疯了。

会从凯彻姆给你写信

致帕特里克·海明威

1959 年 11 月 10 日

古巴观景庄

亲爱的老鼠：

赶紧要把这封信寄出去。会从凯彻姆给你写信的。希望一切都好，和查尔斯、洛林打猎愉快。如果他们还在你那里，请转达我的问候。

吻你

爸爸

书桌上一共有三天前收到的九十二封信。

没有秘书。

我现在已经打好了基础

致欧内斯特·海明威

1960 年 4 月 11 日

英国伦敦

[写在伦敦萨沃伊酒店的便笺纸上]

亲爱的爸爸：

现在我的打猎季已经结束，一直要到 6 月我才会再次出去，然后就要一直持续到过圣诞节。刚刚结束的这个季节我总共在外面工作了一百九十二天，不包括我在前期和后期所有的准备工作，以及我亲力亲为的通信和记账。我的收入大约为一万五千美元，不过当然利润是很薄的，如果算上去年刚开始时受的损失的话，可能根本就没什么利润。不过，我现在已经打好了基础，而且充满了"善意"。非洲正在经历一个糟糕的时期，不过坦噶尼喀看上去似乎是少数幸运的地区之一，那里的情况不会太糟。反正这也没什么大不了的，因为我随时随地都能卷铺盖走人。将来没有任何地方是万无一失的，除非大家都是同一个肤色，贫富都一样。

我们现在在阿鲁沙真正拥有了第一套房子，里面的设施都是完好的，有管道、热水、电力，还有我的画。我们门前的这条路走到底有两座很好的法国教堂，凡是在亨妮同意我不用陪她购物、吃饭、上舞蹈课、看戏的时候，我就去皇家植物园、国立历史博物馆以及国立美术馆。其中最有趣的就是和皇家植物园里的澳大利亚温室馆里的园丁交谈。我开始厌烦自然历史，但是因果关系的美丽模式真的令人着魔。

我正在读 F. 弗雷泽·达林写的《一群红鹿》。很好看。生态学现在成了一种流行语，不过好的生态学还是很了不起的。自己动手做一点也是很有趣的。尽管亨妮喜欢的是福特纳姆·梅森[1]，我必须承认如果你胃口很好的话，那是个好去处。

非常爱你和玛丽的
我们俩
老鼠

22 号回阿鲁沙

我们的大新闻

致欧内斯特·海明威
1960 年 12 月 2 日
坦噶尼喀阿鲁沙

亲爱的爸爸：

生意现在非常惨淡，也许要永远歇菜了，但我记得你的好

---

[1] 伦敦的一家供应精美食品和酒类的商店。

建议，我并没有太投入。如果你还有别的担心事，请别为我们担心。唯一可能造成身体伤害的事情就是多多少少的内乱，不过不太可能会发生在这里，尽管肯尼亚现在的局势很紧张，而且到圣诞后的大选为止会越来越紧张。

很不好意思这么晚才告诉你我们的大新闻，那就是我们有了一个一直笑嘻嘻，很饿的时候才会哭的宝贝闺女[①]。随信附上她的几张照片。她的名字叫艾德温娜，小名蒂娜。

期待读到新的出版物。国际版的《生活》杂志到东非非常慢，就像是从英国走水路来的。

刚刚和亨妮通了电话，她说医生认为她可以继续在非洲生活，也可以继续打猎。

我把这封信寄往凯彻姆，因为亨妮在电话里说玛丽在她上一封寄自纽约的信里说你们俩都会去那里过圣诞节。

老鼠

---

① 帕特里克和妻子1960年7月末领养了这个刚出生的女婴。

我们会在凯彻姆待一阵子

致帕特里克·海明威
1961 年 1 月 10 日
明尼苏达州马约诊所

明尼苏达州罗切斯特圣玛丽医院

亲爱的老鼠：

非常感谢你 12 月初来的信。我很遗憾亨妮得了肾脏的毛病，还有水肿。而且她还有糖尿病，这真够她受的，我们都祝愿她早日康复，都心疼她。玛丽和我 12 月 30、31 日待在这里等一个电话，但电话没来。肯定是因为过新年电话线路繁忙，所以打不进来。

你收养的孩子从照片上来看很是可爱，你和亨妮也是。这只是一封短笺，所以你不用担心我在这儿的问题。之前的血压是 250/125，现在他们已经帮我降到了 126/84，而且我相信只要把体重控制在一百七十五磅，血压就能控持在这个状态。今天早晨称下来是一百七十三磅，估计我们大概会在周末离开此地。我会从凯彻姆再写一封信给你。

我想你应该在报纸上看到了古巴现在的情形，但实际情况要比你在报纸上看到的复杂得多。

我不认为《生活》上的那篇文章写得有多好，但它是一部长篇的一个片段，也许能写成一部长篇吧。我正在写另一本书①，关于在巴黎的早期生活，我觉得它会是一本很棒的书，或者说我希望如此，我想现在就把这本书写完。[欧内斯特·海明威手书插入：你知道的，我还有很多别的事要做。]

我们会在凯彻姆待一阵子。之后的计划还不确定。要不是现在已经非常接近雨季，我们会去非洲的。我昨天晚上思考了这个问题，还没有机会和玛丽详细商量。现在很难找到一个别人不会打搅到你的地方，[欧内斯特·海明威手书插入：可以让你安心写作的地方]。

随信附上信托公司的一张支票。请原谅我的这封短信。你的信写得那么好，而我写了一封这么糟的信，真是不好意思，可我现在要赶紧把它写完，因为玛丽和我要出去散步，这也是减肥锻炼的一部分功课。来信请寄到凯彻姆，请标注"本人亲启"，如果有我们能提供帮助的任何地方，或者有任何你想知道的事情，请告诉我。

祝福你。玛丽也问候你们俩，还有家里来的新成员。蒂娜是个好听的名字。[欧内斯特·海明威手书插入：艾德温娜也好。]

爱你的
[欧内斯特·海明威手书插入：爱你们两个的]
爸爸

---

① 《流动的盛宴》。

如果我能接到更多打猎的生意

致欧内斯特·海明威

1961年1月28日

坦噶尼喀阿鲁沙

亲爱的爸爸：

很高兴收到你的来信。听到你的体重的事，很感动。一百七十三磅真是太好了，但我知道要时时监测自己的体重并要保持下去可不是一件有趣的事。我对医学一窍不通，所以在那方面我没法帮到你，但如果我有任何能帮助你减少担忧的地方，请来信告诉我。

坦噶尼喀的北部省份正处于旱季，我们要在这里一直待到旱季结束。生意非常惨淡，所以这天气很适合现在的心情，而现在的心情也很适合这天气。我不得不解雇了所有的助手，希望到时候再把他们叫回来，如果我能接到更多打猎的生意的话。目前我正在为一个身材矮小、举止优雅的匈牙利人工作，此人蓄着一副弗朗茨·约瑟夫式的胡子，在德国垄断了市场，不过幸运的是他没有执照，所以我可以在"危险的"(?)打猎中做他的向导。"海明威老板，下个月我给你介绍一位高尚的绅士，他叫格拉夫里·普斯尼茨，是个非常好的运动员，你会喜欢他的，他会说英语。"魏德曼万岁！谢谢魏德曼！

最后终于找到了没有才能也能发财的方法。以每个月百分之十的利息借钱给别人还赌债。一年内你就能把本金翻三倍,谁还不出钱就宰了他。你还记得我小时候在基韦斯特时,你对我解释过利滚利吗?我当时根本就没有理解。

亨妮和蒂娜过得非常愉快。昨天她长出了第一颗牙齿,我就叫她"白牙"。我唯一不满的地方是她每天早晨五点半吵醒我们要吃奶。

爸爸,我不知道我们还会在非洲待多久。问题是我似乎没法做任何决定。我所了解的都在这里。运气不好,真的是,我应该选择别的地方重新开始。看肯尼亚大选很有趣。他们这个月选举,很多人为此非常紧张,不过我估计一切都会非常顺利的。

等你有空的时候给我写信,我们也会把最新计划告诉你,最近的计划总有点没法确定。

非常爱你们两个的
老鼠

这里的情况不好

致帕特里克·海明威
1961 年 3 月 22 日
爱达荷州凯彻姆

最亲爱的老鼠:

急急忙忙寄这封信。没有听到布鲁斯的消息,没法告诉你详情,[欧内斯特·海明威手书插入:从基韦斯特也没有收到任何新的消息]。不过,看到了巴德·普尔迪① 带回来的你和亨妮还有小宝宝的很漂亮的照片。[欧内斯特·海明威手书插入:感谢你对他们那么好。] 纽约的交易通过了,但必须预存百分之七十来应对可能会产生的税金,也许还会更糟,不过接下来我想把这件事交给你接手。努力完成这本书的写作,非洲的情况听上去乱七八糟,真想马上采取什么行动。

这里的情况不好,观景庄的情况也不好,我的心情也不好,不过,写这封信也许能使我的心情有所好转。②

爸爸

大家都问候你。

---

① 巴德·普尔迪是凯彻姆的一位牧场主,曾经在非洲游猎。
② 海明威在写此信前后曾有过两次自杀举动。

一个像蟋蟀般活泼的女人

致欧内斯特·海明威
1961 年 5 月 1 日
英国伦敦

亲爱的爸爸：

非常感谢你慷慨的支票。请不要担心基韦斯特的寓所。我非常感谢你长期以来对它的照看，无论何时你想让我对它负起责任来，只要告诉我你想让我做什么即可。我希望我的以下建议能获你赞许：专门为纽约来的黑人开一家高级汽车旅馆如何？我们的背景也许能成功，也许能赚大钱的。那里已经有了适合开旅馆的规划。

亨妮已经在伦敦大学学院医院里的单人病房里住了三天，做了各项检查，今天我们大概就能知道他们是否会建议我们在这里进行什么治疗。到目前为止，医生对亨妮的情况还算满意，他们说因为服药，她的肾脏已经得到了很大的恢复，血糖也降下来了。医院里为蒂娜安排了一个很好的护士，一个像蟋蟀般活泼的女人，在这家可爱的坎伯兰旅馆里，我们有两间连在一起的单人房，房间里有一股浓浓的廉价消毒药水的味道，服务员都是矮小的爱尔兰姑娘，她们的主管是穿着正式的黑裙子、谈吐更为优雅、和她们同样年轻的女士。年轻的爱尔兰姑娘们非常喜欢蒂娜，因为她们在爱尔兰老家都有小弟弟和小妹妹。

我甚至比初来乍到时更喜欢伦敦了。我不再像以前那么对 W.H. 哈得孙感到遗憾。他处理得相当好。

爸爸，如果有任何我能效劳的地方，请直截了当地告诉我。日子过得开心，会让我变得鲁莽、自私，得亏你经常变着法子帮我，所以你有什么事要我做的，我总是会去做的，如果不做，我会觉得过意不去。

我们也许还会在这里再待一周，然后再回阿鲁沙，反正坐喷气式飞机只要一个晚上就到了。

非常爱你们两个的
老鼠

拨开乌云见晴天

致欧内斯特·海明威
1961 年 5 月 13 日
英国伦敦

亲爱的爸爸：

我们在这里做了一个很长的疗程，到我们下周五乘飞机回阿鲁沙差不多要有一个月了，但结果花这点时间还是很值得的，因为在医生们看来（伦敦大学学院医院的斯图克斯医生和霍森海姆教授），亨妮在今后的很长一段时间里都无需担心肾脏的问题，她在克拉拉·斯皮格尔和我们在一起的时候那种非常糟糕的身体状况真的得到了明显的改善，而且她吃的那些对付水肿的药现在大部分都可以停掉了。我们俩结婚十一年以来，她现在看上去和自己感觉上都是最佳的状态，套用一句别人的话来说，这就是医学的胜利。甚至用我画家的眼睛都很难找到蒂娜的身上存在什么缺陷，我们都希望她也会是个聪明的孩子。我们是一个幸福的家庭，在一阵美妙的西风过后，我们家拨开乌云见晴天了。

最近两天天气变得暖和晴朗了，因为保姆请假去温瑟看马术表演了，所以我们今天下午推着蒂娜去了海德公园和肯辛顿花园。如果风没那么大的话就更好了。我从来都不习惯看到那些不是用于射击的鸭子。我怀疑如果没有人打鸭子的话，我们还能不能看见那么刺激的逃跑。我喜欢黑鸟（乌鸦），甚至英国麻雀在这里也很成功，也许是因为这里有一种很像它的鸟，塞伦盖蒂的鸟儿在颜色上要比它淡许多。唯一让我觉得不适的是鸽子。他们告诉我在战争期间的威尼斯圣马可广场上，那个可怕的德国"蛮子"常常射杀鸽子，他一定是个博物学家。唯一适合鸽子的地方是马拉德峡谷，在那里打活的鸽子。我在所有的古董店里寻找"狗轮"，他们这里显然已经不用这个了。

我们俩都非常爱你
蒂娜也爱你，
老鼠来信请寄阿鲁沙的地址,因为我们在伦敦只剩最后几天时间了。

尾 声

我父亲去世后没多久,所有的家庭成员都在凯彻姆会合了。当时的首要任务是安排一场葬礼。

等我们都到齐的时候,爸爸死于自杀已经是众所周知的事了。刚开始的时候,这件事还是带来了一些困扰,不过到那时已经平息了下去。

乔治·布朗是个虔诚的天主教徒,就是他陪着玛丽和爸爸从马约诊所开车回来的。格列高利和我自己都曾在太阳谷做过祭坛助手。

我们三个去和罗伯特·J.瓦尔德曼神父商量了一下,他是爱达荷州黑利的圣查尔斯教堂和凯彻姆的斯诺斯圣母教堂的本堂神父。我们说服了他爸爸的自杀是因为精神失常。他接受了这个说法。我觉得,玛丽在指示神父在做弥撒时应该引用哪一段经文时是在试探自己的运气。不管怎么说,瓦尔德曼神父还是同意了她的请求,他引用了《传道书》里的那段关于"太阳照样升起"的经文:"太阳照样升起,太阳落下去,急急地归于它升起之地。"

于是,在 1961 年的 7 月 5 日,为爸爸举行了一场天主教的葬礼,主持人是瓦尔德曼神父。这是一场盖棺的仪式,因为没有一家殡葬馆愿意接受开棺举行葬礼的挑战。躺在棺材里的,很难被形容为是一种优雅的、幸福的死亡。

帕特里克·海明威

致　谢

帕特里克·海明威想要在此特别感谢一下他的外孙斯蒂芬·阿诺德·亚当斯，他全程参与了本书，从第一封信一直到最后一封，帮助抄写、整理、讨论，还有编辑。

布伦丹·海明威：我想感谢我的妻子苏珊，为她在实施这一项目时表现出的耐心与宽容。我们行进得既远又深，她全程乐于倾听，并表达意见。

感谢上帝，你还能写信
——代译后记

海明威是多少中国读者欣赏的一位作家！比如我，我对欧美文学的兴趣就是从他开始的。那还是在我的中学时代，至今让我记忆犹新的是，在一个酷热的暑假里，我在沪东工人文化宫旁边的杨浦区图书馆里第一次翻到《老人与海》。这本书非常薄，封面是鲜艳的红色，有老人、大太阳、鱼骨、狮子等象征性图案，总之，首先是这个封面吸引了我。我本是很随意地翻开了书，可是没想到一下子就被它吸引进去了。于是，我选择了一个靠近电扇的位置，当时的图书馆里当然没有空调，也没有可以坐下来阅读的座位，就是在每隔几排书架的位置上放置一台电风扇。我站在靠近电扇的地方忘情地看了下去，几乎是一口气看完了半本，然后去前台办理了借阅手续。从此，我和海明威结下了不解之缘，如果没有漏网之鱼的话，我应该是把杨浦区图书馆里所有馆藏的海明威作品都借阅了一遍，除了《过河入林》和《丧钟为谁而鸣》这两本书不太合我的胃口外，其余的作品我都喜欢至极。记得直到高考前我还在废寝忘食地看海明威，有次我姐的一个同事来我家做客，她很奇怪我怎么不温习功课而在看闲书，看到我在看的是海明威后，她对我说："高中生是没法理解海明威的。"我当时既生气又不服气，有啥不好理解的，我觉得自己理解得还蛮好。我心里甚至产生了对这位中学语文老师的些许鄙视，看来她的理解力还没我这个中学生强呢。后来，因为实在太喜欢海明威，我特意去书店里买了《海明威短篇小说选》《太阳照常升起》《老人与海》等几本我最喜欢的收藏起来，还在外文书店里买到了原版的《海明威短篇小说全集》。去日本留学后，还买到了原版的《太阳照常升起》《永别了，武器》《流动的盛宴》等书。也许，我对英文的爱好也是得益于海明威吧。

所以，当译文出版社的编辑找到我，说想请我翻译海明威父子的书信集时，我那既忐忑又兴奋的心情可想而知！翻译我最心仪的作家，那是我的荣幸啊。不过，我也知道，海明威的文字看似简洁单纯，但骨子里的抗译性还是特别强的，凭我的经验来看，凡是优秀的作家都具有相当的抗译性。我曾对照着中英文看过多本海明威，对其翻译难度是有掂量的。多亏编辑及时地为我送来了多本对于翻译本书来说极具价值的参考书籍。没有这几本书的帮助，天晓得我的译文会荒腔走板到何等程度。我的翻译到底如何，我想读者们的法眼自会明辨，无需我在这里说三道四，所以我还是多聊聊这本书本身吧。

海明威是书信达人。海明威研究专家卡洛斯·贝克曾从海明威留存于世的卷帙浩繁的海量书信中精选近六百封，编成《海明威书信集》一书（上海译文出版社 2016 年出版）。而《亲爱的老爸》这本书则是海明威和他的次子帕特里克之间贯穿一生的书信精选集，其中海明威的一小部分信件也收录于《书信集》，但帕特里克的信件只收录于此书，是首次译介。通过这本书我们可以看到一个更真实也更温暖的海明威，从这个意义上来说，也就突破了"硬汉海明威"这个刻板、表面的印象。因为是家书，海明威的"打字"状态应该是更放松也是更真实的，不会去非常刻意地打磨文字，更不会想到日后读者的某些感受。所以，读者在看这本书时，也应持着一份轻松愉悦的心情，去看一看这位大文豪的另外一面——普通人的一面、为人父的一面——是硬汉，但更是一个非常有趣的人。我们可以从海明威的字里行间读到他对儿子深深的爱和关怀，就像这个世界上任何想做一个好父亲的人那样。他是一个大家庭里的温暖的家长，总想着要把大家都团结在一起，一家人和睦相处、其乐融融。但他同时又是一个拥有众多爱好、生活异常丰富的人，所以他没法整天陪在孩子身边享受天伦之乐。这也是他在书信中时常表现出的焦虑的源头所在。因为大多数时间都是天各一方，所以他更加珍惜家人相聚的机会。有时因为各种原因，这种相聚会受到阻挠，他就会表现得心灰意冷，甚至气急败坏。这种种情绪的起伏变化，相信每一个做过父亲的人都曾体验过。

在父子俩的这些通信中，让我感受良多的特别有这两件事。一件是关于帕特里克服兵役，另一件是关于海明威要三个儿子定期给他写信。先说服兵役的事。1951年，帕特里克到了要服兵役的年龄，但海明威却想出种种理由来万般阻挠，甚至找医生出具他不适合服兵役的证明，认为这"没什么好丢脸的"。海明威自己是经历过战争的，甚至从某种程度上来说可说是个战争的受害者，他是坚决反战的，战争会让一切本该享受的美好毁灭殆尽，所以他对儿子的这种袒护我们完全能够理解：

请向给你做体检的医生解释清楚，你并不是想逃避兵役，两位医生开具的证明也不是为了要帮你逃避兵役。但是具有丰富的服役经验的何塞·路易斯·艾莱拉医生认为你的疾病不适合服役，不把这个告诉部队是不诚实的……如果体检医生希望我给他关于你的脑震荡及其后遗症的进一步资料，我非常乐意提供。罗伯托做了翻译，是为了万一体检医生看不懂西班牙语。他们可以看到一份正式的英语翻译件。

从我个人在战场上的经历和我读过的那些书里，我知道有大量的伤亡士兵是因为没能在体检时好好地筛选出来。告知体检医生你得过的病不是一件丢脸的事。我认为你是我认识的人中最勇敢最正直的一个，而与此同时我不相信你现在适合服役。就像一匹受伤的骏马不适合赛马一样，这没什么好丢脸的。适合你做的事情还有很多，而且我相信你都能做好的。

请原谅这封信的口吻显得一本正经的……我希望我正确地处理了证明的事。毕竟做事情只有一种方式：诚实正直的方式。

（见 1951 年 11 月 24 日致帕特里克·海明威的信）

但儿子毕竟是儿子，他有着自己的想法，也有自己的理想和自尊，所以他以一种近乎开玩笑的方式婉拒了父亲的好意。父子间的这种"相左"在我们身边也是司空见惯的吧，父母出于爱，为子女做出他们认为合适的种种安排，但子女有自己的个性、理想，自己的人生道路要自己走，所以不买父母的账，当然，那种一切行动听父母的"乖孩子"除外。这样的事再正常不过，生活中就是存在着这种合理的矛盾与冲突，解决这种矛盾的唯一办法只有互相的理解与尊重，以亲情为纽带做沟通，所以这种矛盾一般不会发展到无法调和的极端程度。就我自己的感受而言，我觉得生活中有出息的孩子往往是那种个性鲜明、不听话的孩子，所以家长们大可不必因孩子犟头倔脑而大伤脑筋，同理，因孩子乖巧听话而沾沾自喜也是毫无必要。当然，这已是题外话了。

另一件事，就是海明威强制要求孩子们定期给他写信：

我希望在全年里每个月的1号和15号能收到你、格格和邦姆比的来信。这些信不应该是敷衍了事的，不应该是诉苦的，也不应该是强迫的，应该是你们尽全力写出来的好信，以每个月写两封的频次。这样一年总共就有二十四封信。

不管什么理由，除非你们病了，如果我还是收不到你们的来信，我会立即采取进一步措施，具体什么措施会在下一封信里说明。我期待你们仨在收到这封信后会在每个月的1号和15号给我写信，请把这封信转给邦姆比和格格，让他们签名。最后一个签完字后把这封信回寄给我。

(见1946年6月21日致帕特里克·海明威的信)

所谓"进一步措施"，当然是断供。收到儿子的信后，他又会高兴一阵，又是提议搞写信比赛，又是许诺颁奖状，表示也不必拘泥于这两个固定的日子，但每个月两封是必须的，年轻人要"学着喜欢写信"。这个永不言败的硬汉实在太可爱了。笑过之后，心里又五味杂陈。译到此处时恰好我自己身上发生了一件事。因为放暑假，我那读大三的闺女天天待在家里。于是，我和她妈总会不时给她发点消息，问问她在家里的情况，在干什么，午饭是怎么吃的之类鸡零狗碎的事情。有一天，我们给她发了很多条消息，但过了两个小时她还没有任何回答。我们都急得像热锅上的蚂蚁，她妈甚至提出让她那个同样放假在家的表哥上我家去看看啥情况。就在我们讨论得热火朝天而又毫无头绪的时候，她终于发声音了。我们难免总要抱怨两句。只听她轻描淡写地说道："天太热，我在房间里睡着了，手机放在客厅里充电，没听见。"她又反问道："这有什么好大惊小怪的？难道我每次给你们发消息你们都是立刻就回的吗？"这话当然没错，但做父母的总会为孩子操心，一时半会儿没听到消息就会担心会不会出什么事。就如海明威说起绝少给家里写信的小儿子格格就充满幽怨，说他"像燃尽的烟火一般突然消失了。也许他会回来的。我总是这样期望着。但我希望永不再见他"。这种心情做孩子的也许很难理解，或者说很难会想得到。回想自己小时候，有时也确实很难会体会到父母的心情。亲情间这样的矛盾是人类永恒的、温柔的痛，你可以说它是一种无奈，但我更愿说它也是一种可爱，人生正因为有了这些曲曲折折才变得那么丰富多彩，那么有滋有味。

帕特里克是海明威三个儿子中唯一一个始终与父亲保持通信的孩子，个中原因书中自有呈现，海明威"求信若渴"，轻易不挑剔儿子信中的拼写、语法，只道"感谢上帝你还能写信"。我就不在这里做过多的引用、分析了。相信对海明威感兴趣的读者是不会错过本书的。看这本书不费什么力，尽管翻译它很吃力。读者尽可以在茶余饭后闲来无事时随便翻阅，书信集的形式，可以随时中止，又可以随时起步。以这么轻松的一种方式接近一位诺贝尔文学奖作家，不是快事一桩吗？

译者

2023 年 8 月